情熱フライトで愛を誓って

青野ちなつ

Illustration
椎名咲月

B-PRINCE文庫

※本作品の内容はすべてフィクションです。
実在の人物・団体・事件などには一切関係ありません。

CONTENTS

情熱フライトで愛を誓って

「え、オーバーブッキング？」

見知った地上職員からそれを告《つ》げられ、和良郁弥《わらいくや》は眉《まゆ》をひそめた。

オーバーブッキングとは飛行機への搭乗客数がその機の座席数を超えることだ。一般的に、航空会社はキャンセル分も見越して多めの予約数を確保するが、たまにそれが裏目に出ることがある。けれど、二月のこの時期に満席になることは珍しく、その数少ない機会に郁弥は当たってしまったらしい。

社員である郁弥はこんな場合搭乗は断念せざるをえず、目の前で搭乗案内が開始された人波を眺めながらふっと嘆息《たんそく》した。

そんな顔をすると、線の細い、少し神経質な顔立ちの郁弥はひどく愁《うれ》いに満ちた表情になる。端整な容貌《ようぼう》ではあるがどこか寂しげな面差《おもざ》しのせいで、派手《はで》に騒がれることはなかったが。しかし時に、そんな部分にはっと惹《ひ》かれる人間もいるようで、今も――改札機を通り過ぎようとしていた女性客が慌てて目を逸《そ》らしていた。

郁弥がフライトエンジニアとして勤務しているこの奈多《なた》空港は、自社便で東京行きが四便。他社を含めると各都市へ十七便が就航する中規模程度の空港だ。

もとより会社のカラーとして社員同士の仲は良いところだが、この奈多空港は係員の人数もそう多くないため、郁弥が知る中でも一番アットホームな職場だった。

オーバーブッキングを告げる課長クラスの男性も違う部署ではあるが親しくしており、そのせいか幹線空港では有無《うむ》を言わさず引きずり降ろされるこの状況でも、郁弥のために何か方法はないかと代替案を模索《もさく》してくれているようだ。

郁弥はコントロール室と連絡を取っている男性課長を神妙《しんみょう》な思いで見守る。

出発時間は刻々と迫《せま》っている。

腕時計に視線を落としながら、もうダメかと半《なか》ば諦《あきら》めかけたとき。

「和良くん」

その男性課長に手招きをされた。

「キャプテンがジャンプシートの許可を出してくれたらしいんだが、和良くんはそれでもいいかな」

飛行機のコックピット内にある補助シートのことをジャンプシートと呼ぶ。そのシートに今回救済措置として座る手配をしてくれたらしい。

かくして五分後、郁弥はコックピットのドアをくぐっていた。


「鈴白《すずしろ》キャプテンでしたか。お久しぶりです、今日は助かりました」

入って左側のシートに座っている壮年の男に頭を下げる。シャツの肩章にある金色の４本モールはキャプテンの印だ。

「おぅ、和良くん、災難だったな。ま、このシートじゃ座り心地も悪いだろうけど、しばらく辛抱してもらおうか」

「いえ、本当に助かりました」

再度きっちり頭を下げると、鈴白はサングラス越しに相好《そうごう》を崩した。

「いや、君は本当にいつ見ても気持ちがいいね。ウチの娘の婿《むこ》に欲しいくらいだよ」

「――…鈴白キャプテンの娘さんは、今確か小学生ではありませんでしたか？」

郁弥が眉を寄せて尋《たず》ねると、鈴白は磊落《らいらく》に笑った。

今のキャプテンの言葉は冗談《じょうだん》だったのかとほっとするが、同時に、つい何にしても真面目《まじめ》に取ってしまう自分の性格に郁弥は唇を歪《ゆが》めながら、キャプテン席の後ろにある補助シートに座りかけた。が、そこで右側のシートに座っているコパイと呼ばれる副操縦士の男と目があって、また立ち上がる。

「こんにちは…」

けれど、男の強すぎる双眸《そうぼう》に郁弥は言葉をのんだ。信じられないとばかりに大きく見開かれた黒い瞳に見つめられ、郁弥は慌《あわ》てて以前会ったことがあるかと思い返してみるが、印象的な男であるだけに初対面なのは間違いないだろう。

サングラスを手に持つ男の、瞳と同じ黒い髪はさらりとして清潔そうで、緩《ゆる》く閉じた口元は上品だった。まさに温雅《おんが》といえる風貌《ふうぼう》は、眉目秀麗《びもくしゅうれい》な集まりともいえるフライトクルーの中

でも抜きんでていると思った。

「お世話に……なります」

郁弥は端整な容姿に半ば圧倒されながら、ようやく残りの挨拶《あいさつ》を口にした。と、男は我に返ったように瞬《まばた》きをし、さっと目元を赤くする。

「あの――？」

透明感のある瞳は不思議なほど郁弥の心を惹きつけたが、それでも男の態度には戸惑いを感じてならない。

見つめあったまま男の言葉を待っていたが。

「君、和良くんの美貌《びぼう》に見とれている時間はないんじゃないかな」

そんな二人を正気《しょうき》に返らせたのは、キャプテンである鈴白の言葉だった。

「…っ、すみません」

低い声で呟《つぶや》いたあと、男はサングラスをかけ直して前を向き仕事を再開する。その――頭上にあるスイッチへすっと伸ばす真っ白なワイシャツの腕が長くて、なぜか郁弥の気を引いた。

斜めから見える横顔はまだ若い。たぶん、二十九歳の郁弥より数歳は下だろう。

けれど思慮深そうな眼差《まなざ》しでコックピット内の機器をチェックしていく姿は、女性めいた容《よう》貌《ぼう》で若く見られがちな自分よりよほど落ち着いて見えた。華やかさよりしっとりと落ち着いた気品がまさるノーブルな印象は、パイロットクルーという職種においてことさら頼もしく感じられる。

これはキャビンアテンダント達が放っておかないだろうな。

何とはなしに男を見ていたが、なぜだか男の目元がまた赤く染まっている。じっと見すぎて緊張させたのかと郁弥は申し訳なく思い、視線を反対の窓に飛ばした。

プッシュバックが始まった飛行機の窓からは、ボーディングブリッジに立っているゲート担当係員の、手を振っている姿が見えた。

「お、うちの娘に似てないか」

同じくボーディングブリッジが見える側に座っている鈴白が、親バカなセリフを口にして笑顔で手を振り返している。郁弥の姿が見えたのか、女性係員の顔が親しげに綻《ほころ》んだので、郁弥も手を振っておいた。

飛行機が動き出すと、地面からの振動が薄いシートを通してダイレクトに伝わってくる。

何もなければ今頃、キャビンでクッションのきいたシートに座っていたはずなのに。まるで、到着地で待っている何かの先触れみたいだ。

波乱含みの上京だな……。

郁弥はそっとため息をもらした。

今回の上京は遊びに行くわけではない。もちろん完全なプライベートではあるが、到着地に待っているのはおそらく苦痛と絶望だ。

だから、あのオーバーブッキングを聞いたとき、何度『もういいです』と搭乗を辞退しようとしたか。

けれど、それでも黙ったまま成り行きを見守ったのは、やはり会いたかったからだ。

そこに待っているのがたとえ絶望でも、それ以上にあの人が会おうと誘ってくれたのが嬉しかった。あの人の顔が見たかった。

だから、数パーセントにも満たない大逆転の可能性をせめてもの拠《よ》りどころとして郁弥は飛行機に飛び乗ったのだが、出だしからこうでは、先行きは見えているようなものではないだろうか。

滑走前の慌《あわただ》しくなったコックピットで、凍《い》てついた低い空を郁弥は愁然《しゅうぜん》と見つめ続けた。

離陸した飛行機が上空で安定すると、キャプテン達もほっと緊張が解《と》けるようだ。

シートベルト着用サインを解除すると、すぐにキャビンアテンダントから飲み物のリクエストが入った。

「今日のリクエストはいつにもまして早くないかい？　いい男が三人もいるせいかな」

キャプテンの鈴白がニヤニヤと郁弥を振り返ってくる。そのおどけた表情に郁弥の頬《ほお》もほんの少し緩んだ。

「あの……」

キャビンアテンダントからコーヒーを受け取ってほっと息をついた瞬間、副操縦士の男が声をかけてきた。

「初めまして、コパイの三ツ谷圭吾《みつたにけいご》と申します」

緊張した面持ちで名刺を差し出してきて、郁弥はびっくりして目を丸くする。

一般的に、郁弥がいる航空業界ハンドリングサイドにおいては、名刺などあってないようなものだ。名前を知りたければ胸の名札で事が足りるし、たとえ名前を知らなくても総称である『メカさん』や『グランドさん』で通じるから困らない。

だからこうして改めて名刺を差し出されると、何か特別な意図があるのかと驚いてしまう。

鈴白もそう思ったらしく、大げさに体を揺らしている。

「おいおい、君。いったいどうしたんだ。ナンパでも始めるつもりか？」

「違います、キャプテン。そんな不純な思いではありません。あの、和良さん——とおっしゃるのですか？」

鈴白の茶々を軽く流すその間も、男の——三ツ谷の視線はずっと郁弥の上にあった。

「失礼しました。奈多空港で整備士をしています和良郁弥です」

めったに使わない名刺を取り出し渡すと、三ツ谷は大切そうに両手で包んで見入っている。

そして、覚悟を決めたようにくっと顎《あご》を上げた。

「ずっと──あなたを探していました。実は、ぼくは和良さんがきっかけとなって、この世界に入ったんです。五年前、甥《おい》っ子を連れて空港見学に行ったときに見たあなたの仕事ぶりに感《かん》銘《めい》を受けました。どこまでも一心に機体に向きあう姿から、この仕事に対する情熱やプライドといったものがひしひしと伝わってきて、ぼくはずいぶん長い間その場に立ち尽くしてしまいました。真剣な横顔は本当にきれいで、目が離せなくて……」

紅潮《こうちょう》した顔で、とんでもないことを口にし始めた三ツ谷に郁弥は啞然《あぜん》とする。

そんな表情にようやく気付いたのか、三ツ谷がはたと口をつぐみ、取り繕《つくろ》うように何度か咳《せき》払《ばら》いをした。

「すみません、確かに少し不純な動機で声をかけてしまったかもしれません。でもとても嬉しかったんです、ずっとあなたを探していたから。ぼくは、あなたの整備する飛行機を操縦したくてパイロットになったのです」

まるで口説《くど》かれているのかと錯覚しそうなほど、三ツ谷の言葉は真剣でひどく熱かった。

郁弥は自らの頰が赤くなるのがわかって恥ずかしくなる。あまりに混乱してうまく言葉が出てこない。

「なるほど、フライトクルー内で今人気急上昇の三ツ谷くんがパイロットになるきっかけを作ったのは、整備士のクールビューティ和良くんだったのか」

「なん…ですか？　そのクールビューティって」

動揺している郁弥が突っ込んだ部分は微妙に的が外れていた。

「あれ？　本人は知らないのか。キャビンアテンダント達の間ではけっこう君は有名なんだよ。奈多空港には和良くんがいるって。笑顔はめったに見せてくれないけど仕事はきっちり仕上げてくれる、凛々《りり》しくてつれないクールビューティだって」

「……そうなんですか？」

なぜか鈴白のセリフに三ツ谷の方が反応を返してきた。

「何しろ、ウチの嫁さんさえチェックしていたからな」

「そういえば、鈴白キャプテンの奥さんはベテランのチーフパーサーでしたね」

面白《おもしろ》くなさそうに口元を歪めた三ツ谷だが、わけもわからず黙ったままの郁弥に気付いて表情を改める。

郁弥を見つめる黒い瞳は強くて真《ま》っ直《す》ぐだった。郁弥はこれから会う人物に対して抱いている自らのほの暗い思いとのギャップに後ろめたくなる。

「えっと——その、ありがとう」

無意識に視線から逃《のが》れるように目を伏せながらとりあえず礼を言ってみるが、三ツ谷はそういうことを聞きたかったわけではないようで、もどかしげに唇を動かす。

「入社してから羽田《はねだ》のドックに行ったこともあったんです。まだいらっしゃることを願って——

—でもあなたの姿はなかった。名前もわからないし、もう会えないかと半ば諦めかけていました」

　まるで空間には郁弥と二人きりであるかのように、三ツ谷は熱心に語りかけてくる。

「本当に、もう一度会いたかったんです…」

　最後に呟くように語られたそれは、言葉以上にしっとりと気持ちがこめられていて、郁弥はなぜだかどきりと胸が高鳴ってしまった。

「おいおい、そこまでいくともう口説いているとしか聞こえないよ」

　鈴白も同じように感じたらしく、両手を上げ大げさに肩をすくめている。

「すみません。ただ、本当にびっくりして、嬉しかったものですから」

「それじゃ、ついでに食事にでも誘ってみたらどうだい」

　どこまでも真剣な三ツ谷に苦笑した鈴白は、ふざけているのかとんでもないアドバイスをしてくる。

「キャプテンっ」

　うろたえる郁弥とは違って三ツ谷はゆったりと口元を緩めた。

「はい、ぜひお願いしようと思っていたところです。和良さん、羽田に着いたあとはお暇《ひま》ですか？　もしよければもう少しお話をさせてもらえませんか」

　穏やかな話しぶりだが、言葉にも声にも抗《あらが》いがたい何かが含まれていて、郁弥はしばし言葉を返せなかった。

「ほらほら、色男からのお誘いだよ。これは受けてやらなきゃ」

鈴白の口調《くちょう》は完全に面白がっている。

郁弥は恨めしげに鈴白を睨《にら》むが、前を向いたままの鈴白にはそんな視線は痛くもかゆくもないだろう。

その間も三ツ谷の眼差しをずっと感じていて、郁弥は首筋が熱くなり困ってしまう。

「三ツ谷さん。申し訳ありませんが、今日は用事がありますので遠慮させて下さい」

「では明日はどうですか？」

郁弥が断りを入れると、三ツ谷はすぐに代替案を打ってくる。

「お帰りは明日ですか？　朝食でもランチでも構いません。明日は休みですから、いつでもお付きあいできます」

次々と繰り出される誘いの言葉に、断ろうとする郁弥は逃げ場をなくされていく。それでも嫌な気がしないのは見つめてくる瞳が真摯《しんし》なせいか。

「ここまで言うんだから付きあってやったらどうだい、和良くんも。今日の用事が終わったあとにでも…あ、そうか、今日はデートだったりするのかな、だったらダメか」

必死な三ツ谷を不憫《ふびん》に思ったのか、またしても鈴白が口を挟《はさ》んでくる。

「違います、その…兄と会うんです、だから――」

「兄って、和良キャプテンか？　何だ、だったらちょうどいいじゃないか。三ツ谷くんも一緒に交ぜてやれよ」

「――あの、和良さんのお兄さんとは？」

鈴白がいい考えだとばかりに郁弥を振り返ったが、ひとり置いていかれている感があるらしい三ツ谷が割り込んでくる。

「ほら、君も何度か一緒に飛んだことがあるはずだ。フライトクルー界一のダテ男、和良秀也《ひでや》キャプテンのことだ」

「えっ、あの和良キャプテンがお兄さんなんですか？」

驚いた声を上げた三ツ谷に応じたのはやはり鈴白だった。

「いや、確か兄弟同然で育ったけれど本当はイトコなんだったよな？」

「えぇ」

郁弥は困惑《こんわく》しながら頷いた。

キャプテン同士で馬が合うらしい鈴白と郁弥のイトコである秀也が、暇さえあれば二人で飲みに繰り出すほど仲がいいことは、そのおかげで鈴白と知り合いになった郁弥が一番よく知っている。けれど、今回はその勝手知ったる仲であることが裏目に出た。

「あの男はその場に一人増えようが歓迎こそすれ迷惑がるようなヤツじゃないしな。あ、それとも何かまずいのかい？」

黙ったままの郁弥に、鈴白もさすがに出過ぎたマネをしたかと慌てたみたいに視線を寄こしてくる。

「――いえ、でも」

今日秀也と会うのは――――。

けれどその時、ふと心に魔が差した。

三ツ谷がいれば何か違うのではないか、と。

今にも窒息してしまいそうな胸の重苦しさをほんの一瞬でも忘れさせてくれた三ツ谷の真っ直ぐな心と熱意に、郁弥は縋《すが》りつきたくなる。彼と彼が連れてくるだろう人物と三人でテーブルを囲むことに気が遠くなるほどの苦痛を思い描いていた郁弥にとって、三ツ谷の存在は一陣《いちじん》の風のように救いになるのではないか。

自分勝手な思い込みかもしれないが、ほんの少しでも楽になれる可能性を見つけてしまったら――。

「三ツ谷さんは、それでも構いませんか？」

気付くと、郁弥はそう口にしていた。

「いいんですか！」

すぐに我に返ったが、喜色を浮かべる三ツ谷に前言撤回を言い出せなくなる。

代わりに去来するのはひどい罪悪感。

「強引なお誘いをしてすみません。和良キャプテンにはぼくから説明させてもらいますから」

三ツ谷は嬉しげに口元を緩ませながらも神妙にそんなことを言う。

「おれからも言っておくよ」

鈴白にまで口添えされて、郁弥はさらに居たたまれなくなる。楽しそうに会話を続けるパイロット達から、郁弥は目を逸らさずにはいられなかった。


羽田に着いたあと、一度ホテルにチェックインした郁弥は、改めて三ツ谷と待ち合わせて店に向かった。

その短い間、これから待ち受けている席を思いつい強《こわ》ばってしまう郁弥だったが、三ツ谷と軽いジョークも交えた穏やかな会話を続けるうちに、不思議と気持ちもほぐれて、店のドアをくぐる頃には笑顔も浮かべられるようになっていた。

「なんだ、ずいぶん楽しそうだな」

だから、店に入ってすぐのウェイティングバーにいた秀也からも驚いたように目を丸くされてしまった。反対に、郁弥は一気に頬が引きつる――秀也の隣にいる女性の存在に。

「今日はすみません、和良キャプテンの内輪の集まりにお邪魔《じゃま》してしまって」

その郁弥の横で三ツ谷が頭を下げている。

「あぁ、構わないよ。鈴白キャプテンからも連絡をもらったし。それより聞いたぞ。コックピットで郁弥をナンパしたんだってな？」

秀也が親しげに三ツ谷に話しかける。

席は、郁弥が思っていた以上に和《なご》やかに始まった――。


「へぇ、和良キャプテンと和良さんってそんなに仲が良かったんですか」

「おうよ、こいつ、今でもこんな美人だけど小さい頃なんてもっと可愛《かわい》かったんだぜ。だから高校くらいまでは、連れて歩くと彼女だっていつも間違えられてさ」

秀也の言葉に、隣に座っている赤池《あかいけ》と名乗った女性は楽しそうに笑う。

しゃべり上手《じょうず》な秀也と如才《じょさい》ない三ツ谷に場を任せ、郁弥は先ほどから秀也の隣にいる赤池ばかりを観察していた。

上品で女性らしい柔らかさをもつ赤池は、男として落ち着いた色香《いろか》を身につけた秀也にとても似合いだった。

郁弥は何度目かのため息を口の中で噛《か》みつぶす。

いつまでも自分は彼の弟分でしかない……。

赤池と目を合わせ頷《うなず》きあっている秀也を郁弥は苦しげに見つめた。

中学のときに交通事故で両親を亡くして以来、郁弥は秀也の家に世話になっていた。お互い兄弟のいなかった郁弥と秀也は元々仲はよかったが、両親に先立たれてひとりになった郁弥を不憫がり、それまで以上に秀也は構い倒してくれるようになった。郁弥もインプリンティングされたひな鳥のように後を付いて回って、今も秀也を追いかけるように同じ業界に身を置いている。

けれど、郁弥の秀也に対する思いは家族を思うような気持ちばかりではなかった。

豪放《ごうほう》で陽気な性格のために友人も多く、いつも輪の中心にいるような秀也はずっと郁弥の憧《あこが》れだったが、いつしかその憧れに恋情《れんじょう》めいた思いが混ざっていたことに気付いたのは高校に入った頃だったか。

パイロット候補生として航空会社に入社した秀也が家を出たあと、その不在の寂しさにようやく自らの思いに気付いたのだ。

昔からその派手な交遊関係に子供じみた嫉妬《しっと》を抱《いだ》いてはいたが、恋を知ったあとに本当の意味で秀也と付きあう女性に嫉妬したときの苦しみは比べものにならなかった。けれど交遊関係が華やかなぶん短いサイクルで入れ替わる恋人達を見て、本気になれる女性はいないのかもしれないとようやく安堵《あんど》を覚えるようになっていたのに、先日聞いた話には愕然《がくぜん》とした。

「え、ご結婚ですか？」

郁弥はどきりとして目の前の会話に耳を傾《かたむ》ける。

「いや、まだわからないがな。ただ放っておくとこいつが別の男と結婚させられるって言うからさ、少し考えてもいいかなって段階だ。まだ何も決まっちゃいない。おい、郁弥。何度も言うけど、まだオフクロには絶対言うなよ？　おまえだから言ったんだから」

「——ええ、おとといも何度も聞きました」

郁弥はそっと目を伏せて言った。

秀也が結婚するかもしれない。

それを知ったのは、おとといかかってきた秀也からの電話だった。

秀也とは彼がフライトで空港を訪れたときに会ったりしているが、それ以外にも彼が趣味としているセスナ機を飛ばしてたまに奈多空港まで会いにきてくれる。が、ここ数ヶ月ほどはすれ違いが続いて顔も見ていなかった。

だから、久しぶりに東京に出てこないかと誘われて喜んだのも束《つか》の間《ま》、紹介したい人がいると告げられたのだ。

舞い上がった気持ちは一気に地に落ちた。

苦しくて目の前が真っ暗になったが、同時にまだ少し迷っているような秀也の口調に一縷《いちる》の望みをかけ、ダメ元で駆けつけてみた。が、やはり——結果はずっと温めていた恋の破局を噛みしめることになってしまった。

実際、まだ身を固めるつもりはないと豪語していた秀也から、結婚という言葉が出てきた時点で先は見えていたようなものだったのに。

「和良さん、パスタを取りましょうか?」

仲睦《むつ》まじげに話す二人をぼんやり見つめていた郁弥を三ツ谷が呼ぶ。

「あんまりお酒ばかり飲まれない方がいいですよ。パスタとこの煮込みを、もう少し取りましょう」

郁弥ひとりで秀也とその恋人に——真実に向きあうことを恐れて、三ツ谷の純粋な好意まで利用してしまった。

かいがいしく料理を取ってくれる三ツ谷に、今さらながらわき上がってくる罪悪感と自らのバカさ加減を痛感し、郁弥は泣きたくなるのだった。


「和良さん、大丈夫《だいじょうぶ》ですか?」

「平気だよ、このくらい。君って心配性だな」

思いの通じない男とその恋人の睦まじいさまを目の前にとても食欲なんてわかなくて、郁弥は酒のグラスにばかり手を伸ばしてしまった。

郁弥自身、ちょっと酔っ払っているかとも思ったが、三ツ谷の心配ぶりには大げさだと笑う。

「タクシーを捕《つか》まえましょう。ホテルまではけっこうあるし、電車より楽でしょう?」

「いいよ、このまま歩いて帰る。酔いざましにね。今日は星もきれいだし——…って、あれ、星が見えないね。ここはネオンが明るすぎるのか」

「……和良さん、今日は曇っていますよ。それに歩いてって、ホテルまではちょっと距離があります。ムリですって。ほら、足元もふらついているし」

「うん、だから君はもう帰ってくれていいよ。悪かったね、こんな酔っ払いに付きあわせてしまって」

気分は最悪だが機嫌はそれほど悪くなくて、へらりと郁弥は笑ってみせた。が、三ツ谷は反対に顔をしかめている。

「そんなことができるわけないでしょう。夜も遅いしこの辺りは物騒《ぶっそう》だっていうのに、あなたを置いていてはいけません」

子供に言い聞かせるように三ツ谷が言う。

これではどちらが年上かわからない。

「でも、歩いて帰りたいんだ……」

もしかしたら、本当に三ツ谷が言うとおりすごく酔っ払っているのかもしれない。

自らにはひどく頑固《がんこ》だが、人に対しては気を遣ってしまい滅多《めった》に我《が》を通すことなどしない郁弥だ。ある意味優等生のように聞き分けが良すぎるそれは、たとえ仲がいいとはいえ思春期を他人の家で暮らしてきた間に培《つちか》われたクセみたいなものだった。

そんな郁弥なのに、今はどうしても歩いて帰りたかった。自分がそう言えば、人のいい三ツ谷を困らせるとわかっていながらも。

このまま真っ直ぐホテルに帰り、狭い空間でじっとり失恋を嚙みしめるのは苦しかったのだ。少しでも時間を引き延ばしたかった。

「わかりました」

だから、苦笑混じりに頷かれてほっとする。

「うん、じゃ……」

「ぼくも付きあいます。そういえば、酔いざましにはちょうどいいかもしれませんね」

「え、ちょっと、君――」

ひとりで歩いて帰るはずだったのにと慌てて止めようとする。三ツ谷にそこまで迷惑はかけられない、と。

が、そんな郁弥に頓着《とんちゃく》しないようにもう三ツ谷は歩き始めていた。追いついて隣に並ぶと道行きは当然だとばかりに歩調を合わせられ、郁弥はその何気ない優しさに胸がジワリとした。

「ありがとう」

口の中で呟くように言った礼も、三ツ谷は聞かないフリをしてくれたようだ。

騒がしい繁華街《はんかがい》を抜けて、小さな川沿いの道を歩いていく。二月のシンとした冷気が、肺のよどんだ空気を清冽《せいれつ》なものへと洗い流してくれていくようだ。

歩けば歩くほど、酔いがさめていく気がする。冷静になっていく。

そうなると、店を出たときの自分はやはりひどく酔っていたのだとわかった。三ツ谷もそうだが、秀也にもひどく心配をされていたか。そんな秀也からも送ると言われたが、郁弥は頑として断ってしまった。秀也の恋人である赤池が口にした一言が心に引っかかったからだ。

『私は大丈夫だから、郁弥さんを送って差し上げて』

心優しい彼女の奥ゆかしい言葉だが、その響きにはどこかなれた間柄を感じさせた。もう夫婦であるかのようななれ合いとでも言おうか。

今までどんなに彼女ができても秀也の一番は郁弥だったのに、その家族の自分よりもっと近い位置に彼女が滑り込んできたような錯覚を受けた。最後の居場所まで取り上げられた気がした。

かっとして二人の気遣《きづか》いを遠慮したが、今こうして心が落ち着いてくると、自分の狭量《きょうりょう》さが情けなくなる。秀也の代わりに送ってくれることになった三ツ谷にも、改めて申し訳ない気持ちがわき上がってきた。

郁弥は浮かんだ自嘲《じちょう》を隠すように口元を覆《おお》う。

「和良さん？」

隣で同じように黙って歩いていた三ツ谷だが、そっと郁弥の腕を引いて立ち止まらせると、心配げに覗《のぞ》き込んできた。

「気分、悪いんですか?」

どうして三ツ谷くんは――――…。

こんなに迷惑ばかりかけて、自分に対して抱いてくれていた憧れや好意なんてものは吹き飛んでいると思ったのに、覗き込んでくる瞳は心から郁弥のことを思ってくれているように、気遣わしげに揺らいでいる。

「和良…さん?」

その瞳の中に――前方のポツリと立つ街灯の明かりが映《うつ》っていて、郁弥は柔らかく揺らぐその光を見つめながら口を開いた。

「今日はすまなかった」

謝罪すると、それまで同じく憑《つ》かれたように郁弥の瞳に見入っていた三ツ谷が瞬きをして目を伏せた。揺らぐ光が瞼《まぶた》の下に隠されてしまい、残念だとぼんやり思う。

「――色々と、本当に悪かった。君だって、酔っ払いの介抱《かいほう》のために食事に誘ったわけじゃないのにね」

「いえ。これはこれで楽しかったです。和良さんのいろんな顔を見られた気がします。和良さんの本当の気持ちも――――」

「本当の気持ち?」

妙なことを言うと、白い息をかじかんできた指先に吹きかけながら見上げると、どこかためらう視線とぶつかった。

「三ツ谷くん？」

「――和良キャプテンのことが、好きなんですよね？」

郁弥は息をのみかけたが、すんでのところで止めることができた。

「それは、そうだよ。ずっと兄のように慕《した》っている人だし」

口元に持ってきていた手が震える。それをぎゅっと握ることで止めて言った。

「そういう意味ではありません。和良さんが、一番ご存知でしょう？」

「――なんのことだかわからないよ」

我ながら冷たいと思う声音《こわね》で三ツ谷のセリフをはねのける。

乏《とぼ》しい明かりの中に見える三ツ谷の瞳を、怯《ひる》みそうになる心を叱咤《しった》して見つめ返すと、苦しげに視線が逸らされた。

「別に和良さんの気持ちを暴《あば》くつもりはありません。ただ――…」

三ツ谷の吐《は》く白い息が止まる。

「ただ、和良さんがあまりにも苦しそうだったから」

「苦し、そうだった？」

「ええ。あんな切ない目になぜキャプテンは気付かないのか、とても悔《くや》しかったです」

ぎくりとした。

自分の気持ちが表れていた?

さっと頬が強ばった郁弥に気付いて、三ツ谷がゆっくり首を振る。

「いえ、たぶんぼく以外は気付いていないでしょう。もちろんぼくも誰かに言おうなんて考えていませんから安心して下さい」

そうして、その言葉を証明するように三ツ谷は笑みまで浮かべて見せた。きれいな笑みだったが、それはひどく不安定だと思った。まるで何か激情を押し隠した上で浮かべるような、見る者をそぞろに切なくさせるもの。

郁弥は三ツ谷を推《お》し量《はか》るようにじっと見つめる。三ツ谷も、自らの心をその瞳の上にさらけ出すように静かに見つめ返した。

ひとつ向こうの道を、女性のパンプスの音が近付いて通り過ぎていく。

「好き、なんですか?」

ずいぶん長い沈黙のあと、三ツ谷はやはりもう一度聞いてきた。

「――――うん」

今度のそれには、郁弥は素直に頷いていた。三ツ谷が興味本位で聞いてきたものではないとわかったからかもしれない。

「あの方がフェミニストだって、和良さんはご存知ですか?」

「知っているよ。でも特別がいないのも知っている」

「それは――」

三ツ谷が顔をしかめる。

続く言葉が聞きたくなくて郁弥は大急ぎで口を開いた。

「わかってるよ、男のおれじゃ絶対ムリだってこと。今日の彼女みたいな、秀也兄さんの周りにいる女性達と同じ土俵に立つことさえできやしない。最悪、嫌悪《けんお》されることだってありえるんだって」

言っているうちに気持ちが昂《たかぶ》ってくる。

どうしてこんなことを言わせるのか。まるで自分で自分にダメ出しするようなこと。

苦しくて悲しくて、それをぶつけるように三ツ谷を睨みつける。

「でも好きなんだよ。絶対ムリだとわかっていても好きになってしまった。簡単に諦められるならこんなに苦しんでいないよっ」

感情が昂りすぎて、わっと涙が目縁《まぶち》にたまった。こぼれる前に唇を噛んで顔を背《そむ》ける。

ずっと、恋人同士の二人を見たときから我慢《がまん》してきたものが、ここで一気に爆発したみたいに熱いものが次から次にこみ上げてきた。

必死にのみ込もうとするが、小さな嗚咽《おえつ》がもれ出てしまう。

自分でも八つ当たりだとわかっていた。

けれどどんなに気持ちを抑え込もうとしても、嵐《あらし》は少しも収まらない。

酔いはさめたと思っていたが、やはり過ぎた酒が心と体に影響しているのかもしれない。

「――すみません」

三ツ谷の謝罪に、郁弥は顔を背けたまま首を振る。

けれど次の瞬間――。

「和良さんっ」

感情的に声を大きくした三ツ谷に抱きしめられていた。

「――っ…」

「本当にすみません。和良さんが苦しんでいらっしゃるのはわかっていたのに、もっと苦しめるようなことを言ってしまって」

背中に手が回る。きつく抱きしめられて背中がそり返った。

抗いかけた郁弥だが、抱きしめる胸元の温かさと語られる声の真摯さに、ふっと心が弱くなる。強ばらせていた体から自然に力が抜け、三ツ谷のコートの肩にそっと頭をもたせかけた。

「ただ悔しかったんです。あなたが一生懸命《いっしょうけんめい》に見つめているのに、その視線に気付かなかったキャプテンが。うらやましくて、憎らしかった――…」

郁弥の髪に鼻先を埋《うず》めるように三ツ谷がくぐもった声で言った。

「あなたが好きです」

思ってもみなかった三ツ谷の告白に、一瞬にして涙が引っ込んだ。

「……え」

ぎこちなく体を起こそうとすると、それまでのきつい抱擁《ほうよう》がウソのようにあっさり腕は解かれた。が、名残《なごり》惜しげに三ツ谷の手が郁弥の腕を滑り下り、最後に、手首を摑《つか》んで引き止める。

「五年前、和良さんの仕事をされる姿に惹かれました。見学者がうるさくしてもまったく耳に入っていないふうで、真っ直ぐに機体に向かう横顔から目が離せなかった」

「三ツ谷くん」

「今日、コックピットで会えたのが本当に嬉しかったんです。勢いで食事に誘ってしまうほど」

けれど、そんな三ツ谷の好意を自分は利用した……。

郁弥は今さらながらに胸が痛くなる。

しかし、郁弥の心情を読み取ったみたいに三ツ谷は首を振った。

「いいえ、確かに好きな人がいてショックではありましたが、こんなときでも真っ直ぐで一生懸命な和良さんに、逆になんだか胸に迫るものがありました。キャプテンが好きな和良さんもぼくが好きになった人だなって。不器用でどこまでも真摯で」

一気にしゃべった三ツ谷はそこでほっと息を吐いた。まるで三ツ谷の熱い思いも一緒に吐き出されたように、真っ白い呼気《こき》だった。

何だろう……。

さっきまで寒くて凍《こご》えそうだった体が、不思議と温《ぬく》もってきた気がする。まるで、吐き出された その熱い思いの粒子を吸い込んだみたいに、胸の内側からジワジワと温かさが体中へ広がっていく。

「あなたが好きです。ぼくでは和良キャプテンの代わりになれませんか？」

澄んだ瞳に怖いぐらい真剣な光を宿して、三ツ谷が一心に見下ろしてくる。

「…………ありがとう。けれど、ごめん。今の気持ちでは君と付きあうことはできないよ」

だから、郁弥も三ツ谷をしっかり見返して言った。

握られていた手首がするりと放される。

「……そう、おっしゃると思いました」

がっかりするかと思いきや、三ツ谷は苦笑《くしょう》を浮かべていた。

そうして頭を掻《か》きかけて——途中で止めたその手を見つめたかと思うと、ぎゅっと何か大切なものを封じ込めるように握り締めた。

「でも、すみません。ぼくも簡単に諦められる思いじゃないんです。これまで五年間、ずっと片思いをしてきたといっても過言《かごん》ではないので」

あの握り締めている三ツ谷の手は、今の今まで郁弥の手首を摑んでいた方の手だ。

それに気付いたら、何の脈絡《みゃくらく》もなく心臓がどきりとした。

「だから、猶予《ゆうよ》期間を下さい。ぼくがあなたを好きでいていい猶予期間。あなたがぼくを好きになれないか見極める猶予期間」

　思ってもみなかった提案に何も答えることができずただただ凝視《ぎょうし》していると、気まずそうに目を伏せた三ツ谷がぼそりと呟いた。

「五年間憧れていた人とたった一日で終わりなんてあまりに残酷《ざんこく》です。そんなのってずるいじゃないですか」

　今までの大人《おとな》っぽさがあっという間に消え去り年下の顔が覗く。

　ふっと郁弥の口から笑いがこぼれ落ちた。

「笑うなんて――」

「ごめん。いや、うん、わかりました。じゃ、執行猶予つきで…って、何だか偉そうな言い方だね」

「やった！　いえ、嬉しいです」

　ぱっと満面の笑みを浮かべてから、けれどすぐに穏やかなそれへと変化させる。

「行きましょうか、凍えてしまいますね」

　三ツ谷に促《うなが》され、また二人で歩き出す。

　ホテルへはそう時間はかからず到着した。もしかしたら距離は長かったのかもしれないが、三ツ谷と話をして歩いたことで短く感じたのかもしれない。

　それくらい楽しい帰り道だった。

そうしてホテルの前までやってきたとき、改めて今日の東京行きの目的を思い出していた。秀也に会ったことを。

けれども、それがなぜだかひどく昔のことのように思えた。

翌朝は見事な二日酔いに見舞われた。

「ぁ、痛――…」

起き上がるとひどい頭痛に顔をしかめる。それを我慢して時計を見ると、もう朝だとも言いがたい時間になっていた。

全身がやけに強ばっていると思ったら、昨夜は着替えずに寝てしまったせいだった――が、そこまで考えて、ふとこのホテルの部屋に帰ってきた記憶がないことに思い至る。

「えぇーと、何だっけ？」

ホテルの前まで戻ってきたことはもちろん覚えているのだが、それ以降の記憶がふっつり途絶えているのだ。

確か、三ツ谷と色んな話をして――。

ぼんやり記憶を辿《たど》る郁弥の視界に、ふと飛び込んできたものがあって息をのむ。メモパッドに文字が書かれていたのだ。

『二日酔いの薬を冷蔵庫に入れておきます。昨夜はお疲れさまでした。役得《やくとく》でした』

右上がりの癖《くせ》はあるが、大きくて読みやすい文字——三ツ谷の人柄を表すような文章でもあって、ふっと笑みがこぼれる。

どうやら、自分は最後の最後まで三ツ谷に迷惑をかけてしまったようだ。

「おれを介抱《かいほう》したあと、わざわざ一度外に出て薬を買ってきてくれたのかな」

それがとても三ツ谷らしい気がした。

昨夜、郁弥は決定的に失恋してしまった。

もちろん、それに対する胸の痛みはあったが、同じくらい胸を温かくしてくれる三ツ谷の優しい思い出も残っていて、今の郁弥の頬を緩ませる。

その温かい優しさが、このメモパッドの文字からも伝わってくる気がした。

『あなたが好きです。ぼくでは和良キャプテンの代わりになれませんか？』

ふと思い出した言葉——その熱のこもった真剣な声音もありありと耳に蘇《よみがえ》ってきて、ひとりの部屋なのに郁弥は急に恥ずかしくなってベッドに突っ伏《つっぷ》してしまった。

「あんなの……初めてだったから」

指の先に触れた枕《まくら》の端を、意味もなく何度も引っ張る。

面と向かってあれほど真摯に告白を受けたことなどなくて、今さらながら頬が熱くなる。

しかも、三ツ谷の言葉は秀也を好きな郁弥ごと受け入れるものだった。自らの秀也への思いを何度も否定し続けてきた郁弥にとっては、何だか信じられない僥倖《ぎょうこう》のようでもあった。

もちろん、そこで簡単にほだされるわけではないけれど、それでもほんの少し三ツ谷の気持ちが嬉しいと思ってしまう。

知らず柔らかい笑みを浮かべたまま、そっとメモの文字を指でなぞる。

「お礼を言わないとな……」

電話をすることがなぜだか楽しみな気がして、郁弥は苦笑しながらベッドから起き上がった。


郁弥が勤務する奈多空港整備室のドアが開かれたのは、午後も日が傾き始めた頃だった。

「お疲れさまです、お客さまをお連れしました」

女性の元気のいい声に、ちょうど電話を終わらせたところだった郁弥は振り返る。

「あ、よかった。和良さんがいらっしゃいました」

口下手《くちべた》気味な郁弥を気にもとめず毎回親しげに話しかけてくる女性の地上職員だったが、今日はどこかしら声が上擦《うわず》っているような気がして首を傾《かし》げる、と——。

「こんにちは、お久しぶりです」

女性職員の後ろからひょっこり顔を覗かせたのは、こんなところにいるはずのない三ツ谷だった。

「え、どうしたんだ？」

　驚いて近付くが、すんでのところで自らの両手の汚れ具合を思い出してホールドアップの格好で止まる。

「今日、和良さんが早上がりだって聞いたので遊びに来ました」

「聞いたって、誰に？」

「昨日、この整備室に電話をしたんです。和良さんはいらっしゃらなかったけれど、上司の方でしょうか、今日の勤務体制を教えて下さったので、ダメ元で来てみました」

「ダメ元って、三ツ谷くん……」

　三ツ谷と飲みに行って思わぬ醜態《しゅうたい》をさらしたのはつい先週のことだ。

　翌日、お礼の電話をかけるとちょうど休みだと言った三ツ谷と昼食を楽しみ、郁弥はまた勤務する奈多空港に戻ってきた。

　そうして通常の生活に戻ると思い出したように痛み出した失恋のショックを何とか紛《まぎ》らわそうと、いつにもまして熱心に仕事をしていたが、そんな合い間にふと頬を緩ませてくれたのは、二日に一度の割合で入る三ツ谷からのメールだった。

　仕事のほんの些細《ささい》な出来事など何気ないメールだったが、文章からは温かい三ツ谷の気持ちまで伝わってくるみたいだった。

『昨日は長崎《ながさき》ステイでした。長崎では今、ランタンフェスティバルというお祭りの最中で、そのせいかフライトは満席。ぼくもキャプテン達と街へ繰り出しましたが、至るところでランタンの明かりが揺れて、とても幻想的でした。来年はぜひ一緒に見に行きましょう』

今回もまた面映《おもは》ゆく、微笑《ほほえ》まずにはいられなかったそのメールが入ったのは昨夜のこと。けれど、今日のことを匂わせる文章などひとつもなかったのに。

東京に住まいを構えてパイロットとして忙しく日本中を飛び回っている三ツ谷が、わざわざ休みの日に郁弥に会うためだけにこの奈多空港を訪れたというのか。

「すみません。会いたくて、矢も盾《たて》もたまらず飛んできてしまいました」

はにかむ三ツ谷の様子とそのセリフに郁弥は顔が熱くなる。

元気づけてくれるメールも含めて、三ツ谷からは思ってもみないほど大きいものをもらっている気がする。

郁弥は嬉しいような困ったような不思議な気持ちだった。

けれど――。

「和良さんのお友達ですか？　乗員さんですよね？　先週、お見かけしました」

頬を上気《じょうき》させた女性職員が紹介してもらうためにかずっと傍《そば》に立っていたことに、郁弥はこの時になってようやく気付いた。

「いや、彼は――」

飛行機の駐機場に面しているこの整備室は、ロビーからだと旅客の事務所を通さないと入ってこられない複雑な作りになっている。そのために航空関係者でも案内を必要とするのだが、今はこの場に彼女がいることが少し決まりが悪い。

「ぼくは和良さんの後輩なんです」

言葉につまった郁弥を、隣から三ツ谷がフォローしてくれる。そして、さらには。

「案内、ありがとうございました」

にっこりと笑顔で退却を促した。そのスマートな対応に感心した郁弥同様、女性職員も顔を真っ赤にして帰っていく。

「すごいな……」

思わずポツリと呟くと、三ツ谷は困惑したみたいに苦笑した。

「和良さん、お仕事は何時までですか？」

「え、あぁっと、悪い。本当だったらもう終わる時間だけど、今あの機材がトラブっていて、交換部品待ちなんだ」

事務所の防音ガラス越しに見える、エンジンの側面をパッカリ開けている飛行機を、整備をするうちに汚れてしまった手で指す。

「メンテですか」

「うん、だから今日は何時に帰れるかわからないんだ」

せっかく来てもらって申し訳なかったが、この仕事はたとえ約束をしていてもひどく不確定なのだ。

それはもちろん同じ業界にいる三ツ谷も十分わかっていると思う。が――やはり、休みを費《つい》やしてわざわざ会いに来た三ツ谷にとってはさぞかしがっかりさせるものだろう。

そう思い少し身構えて三ツ谷を見守る。けれど、三ツ谷は心配げに眉を寄せた。

「すみません、こうして話をする時間なんてありませんでしたね。仕事の邪魔をして申し訳ありません」

「三ツ谷くん……」

確かに事態は深刻なのだが、故障箇所の交換部品が届かないことには大してやることもない現在は、それほど慌しい時間でもなかった。けれどそんな郁弥の内情はさておき、自分より先に相手を思いやれる三ツ谷の優しさに笑みがこぼれる。

「ありがとう。それじゃ仕事に戻るけれど。今日は、本当にすまない。せっかく来てくれたのに相手ができなくて」

「いえ、イレギュラーですから仕方ありません。でも――もしよければ、ここで和良さんが仕事をされる姿を見ていてもいいですか？」

「えっ」

「今日はこの奈多にホテルを取っているんです。夕食はぜひご一緒させていただきたいのですが」

「それは、構わないけど」

郁弥の返事に三ツ谷は嬉しげに微笑む。

「でしたら、それまで待たせてもらえませんか？　和良さんの姿が見られるここで」

「で、でも、少なくても二時間はかかると思うんだけど」

「構いません、待たせて下さい」

真っ直ぐに見つめられて、その澄んだ黒い瞳が眩《まぶ》しくて郁弥は目を伏せてしまう。

「わかった。上司には話しておく。それから、あんまり時間がかかるようだったら帰ってくれても構わないから。もちろん、その場合おれが後からホテルに連絡を入れるよ」

「はい、わかりました。頑張《がんば》って下さい」

「――うん」

汚れた手でも触《さわ》らず開けられるようになっている引き戸に肘《ひじ》を引っ掛けると、すぐに後ろから手が伸び、戸を開けてくれた。

送り出してくれる三ツ谷のしぐさがひどくくすぐったい気がして郁弥は唇を緩めながら故障した飛行機へと歩いていく。

程なく手配していた部品が到着して本格的な復旧作業に取り掛かると、すっかりそちらに没《ぼっ》頭《とう》してしまったが、ふと、一段落ついてほっと息をついたとき、頬に突き刺さる視線の存在に気付いた。

あっと思い出して振り返ると、ぶつかったのは思わず体が引けてしまいそうな強い眼差し。三ツ谷の思いの丈《たけ》が直《じか》に注《そそ》がれてくるような、深くて熱い双眸だった。

あんな瞳でずっと見られていたのか。

目があうと瞬きをしてさっとそれを押し隠した三ツ谷だが、郁弥は今さらながら胸がドキドキした。

喉《のど》が異様に渇《かわ》く気がする。

気付けば、陽が山の向こうへ沈もうとする時間だった。


「悪かったね、本当に」

二人でようやくグラスを交わしたのは、夜も更《ふ》けた頃。それまでずっと整備室で待ちぼうけさせていたかと思うと本当に申し訳なかった。

けれど三ツ谷は美味《おい》しそうにグラスの中身を飲み干すと、にっこり笑った。

「いいえ、何か原点に戻った気がしました。仕事に対する思いもあなたに対する思いも」

のんびりビールを流し込んでいた郁弥は喉がひくりと痙攣《けいれん》した。大いにむせ返った郁弥に慌てたように三ツ谷が身を乗り出してくる。

「大丈夫、大丈夫だから」

腰を浮かしかけた三ツ谷を両手で押し止《とど》めた。

「君が変なことを言うから……」

「変なこと？　あぁ、もしかしてさっきの原点という話ですか。でも、実際嬉しかったんです。和良さんの仕事に取り組む姿がまた見られて」

臆面《おくめん》もなく、三ツ谷は郁弥をテーブル越しに見つめながら話す。

「あなたが好きだなぁと改めて思いました」

ゆっくりと落ち着いた声は低く、けれどとても嬉しげなものだったから、郁弥はどんな顔をすればいいのかわからなかった。

「今まで男に対してこんな気持ちを抱いたことがなかったから、もしかしたら本当は憧れの延長なのではないかと、実は戸惑ってもいたんです。でも、今日はっきりとそうじゃないとわかりました。メカさんが働いている姿なんて今まで何十人も見てきたのに、和良さんだけは違うんです」

知性のにじむ目が、何かを思い出したみたいに優しげに細まる。

「全身、オイルで真っ黒だったのに——なぜかとても輝いて見えた。機体に向かう厳しい横顔も、緊張感で張りつめた背中も、どこまでも凄烈《せいれつ》で見ていてぞくぞくした……目が離せなかったんです」

「ほ、褒《ほ》めていないよ、それ」

「あー、そんなつもりはないのですが。でも、和良さんのようにほっそりされている方があんな大きな機体に向かっている姿は、たぶんぼくじゃなくても感動ものだと思います」

「だから褒めてないって」

郁弥は耳まで真っ赤になった顔をごまかすようにおしぼりを投げつけた。

何てことを口にするんだ……。

急に心臓の音がうるさくなった気がする。気持ちがざわざわして落ち着かなくなる。

「どうかしましたか？」

郁弥に多大な動揺をもたらした張本人はいたって涼しげに、酔いましたかなんて聞いてくる。ひとりで赤面してひとりで大慌てして。まるで三ツ谷の方が年上みたいな落ち着きぶりじゃないか。

悔しくて思わず口をへの字にしてしまったが、あげくの果てにはそれさえ指摘されてしまい、郁弥は全面降伏せざるをえなかった。もちろん、心の中でこっそりと――。

「お待たせいたしました」

ちょうどそのタイミングで料理が運ばれてくる。

テーブルにつくには少々遅い時間だったが、短い時間の中で三ツ谷と楽しい会話を交わした。口下手で不器用で、気のきいたことも楽しい話もできない郁弥だったが、三ツ谷はそんな郁弥そのままを受け入れるみたいに、慌てさせずのんびり会話を続ける。

誰かといてこんなに楽しかったのも、こんなに気分が高揚《こうよう》したのも、郁弥には初めてのことだった。

「お疲れさまです、和良さん」

飛行機からつながるボーディングブリッジのタラップを、しっとりと柔らかい笑顔を浮かべて降りてきたのは、濃紺《のうこん》色のコートをはおった三ツ谷だった。

すらりとした長身の三ツ谷が、襟《えり》が広くボタンが並んだその独特なデザインのパイロット用ロングコートをはおる姿は、身にもつノーブルな印象も相まって、まるでどこかの王族に仕《つか》えるエリート将校のようだ。飾りのついたサーベルを帯刀《たいとう》していないのが不思議なくらい凛然《りんぜん》とした三ツ谷に、パイロットなんて見慣れていたはずの郁弥もしばし目を奪われた。

「…お疲れさま。この飛行機に乗っていたのか。今日のフライトは大変だったね」

ちょっとした動揺から立ち直った郁弥は、防音用のイヤーマフを外して笑みを見せた。

季節はもう春といっても過言ではないのに、今日は冬に逆戻りしたような発達した低気圧のせいで風が強く、時折それに雪も混じった。視界が極端に狭《せば》められ、今三ツ谷が降りてきた飛行機は一度着陸をやり直していたのだ。

「そうですね。でも、お客様には災難でしたが、こういうのも、ぼく達コパイにとっては勉強

になるので助かるんですよね」

フライト前のパイロットに義務付けられている機体の安全点検に降りてきたらしい三ツ谷は、郁弥がチェックしている前輪を一緒に覗き込む。

夕方までには間があるこの時間に到着する便は、折り返して乗務員ごとまた東京へ戻るため、副操縦士である三ツ谷も自由にできる時間は少ないはずだ。それでも、いつもなら慌しくチェックを済ませて引き上げていくパイロット達なのに、三ツ谷が前輪の前をいつまでも離れないのは、少しでも郁弥の傍にいたいということなのかもしれない。

そんな、自惚《うぬぼ》れたことをつい考えてしまったせいで、郁弥はますます前輪へ顔を近付けて仕事に没頭するふりをせざるをえなかった。

「――和良さんが整備してくれた飛行機に乗るのが夢でしたが、それがこんなに早く叶《かな》うとは思いませんでした」

ぼんやりしていた郁弥だが、言われて初めてそれに思い至って顔を上げる、と。

「すごく、嬉しいです」

穏やかな、気持ちがこもった声が落ちてきた。そのストレートな言葉に、郁弥は胸をつかれた。

「ありがとう」

何とかそれだけを口にして、郁弥はその場を逃げ出してしまった。

三ツ谷は本当に自分のことを好きなのだ。

郁弥はじんわり熱くなる胸を抱える。

もうひと月になる。

ずっと好きだった兄代わりの秀也に事実上失恋して傷ついたが、その痛みもずいぶん薄れてきた気がする。時が解決してくれたせいもあったが、何より三ツ谷の存在が大きかった。

といっても、何か言葉を口にして慰《なぐさ》めるわけではなく、三ツ谷が自分の思いに真っ直ぐにぶつかってきてくれるところに郁弥は元気づけられた気がするのだ。

『ぼくはあなたが好きです』

そんな穏やかな好意が、暗く沈みそうになる気持ちを掬《すく》い上げ、自己否定に走りそうになる思いを包み込み、痛みを訴える傷ついた心を温めてくれたような――。

定期連絡と化したメールは今は毎日となったが、郁弥の方が待ち遠しいくらい楽しみなものになっており、奈多空港を三ツ谷がフライトで訪れたときは、今日みたいに短いステイ時間の合い間に顔を見せてくれる。

「そういえば、初めてなのか。おれがチェックした飛行機を操縦するのは」

今までも、もしかしたらどこかで乗ったことがあるかもしれないが、こうして目の前で整備している姿を見られた機体は初めてだ。

機内で仕事をしているもう一人の整備士に機体外部の点検終了を報告してから飛行機を降り

るがその間に、副操縦士である三ツ谷はもうコックピットに入ったようだった。

地上でふとコックピットを見上げると、向かって左側に見える人影が、コックピットの窓に片手を当て合図を送ってきた。ほんの一瞬の出来事だったが、自分に気付いたのだと郁弥は妙にくすぐったい感じがした。

「……何だかな」

ひと時やんでいた雪がまた降ってきて、口からもれる白い息はかなり気温が下がっている証拠《しょうこ》だが、心はほんわりと温かい。

三ツ谷に癒《いや》され元気づけられていくうちに、知らず心を占める割合が増えていく。意図《いと》した行為じゃなく、心から郁弥を思っている言動に心を揺り動かされる。

「和良、雪が降ってきたな。翼の凍結に気をつけないと」

飛行機を降りてきた先輩整備士に注意されて、郁弥は雪を降らせる低い空を振り仰《あお》いだ。

そうだ、自分の感傷よりまずは仕事。

この機体を完璧《かんぺき》の状態で送り出す。三ツ谷が操縦するこの飛行機を。

それができることが嬉しくて誇らしい。

郁弥はムズムズする唇を引き結んで、足早に歩き出した。

郁弥のイトコである秀也が、休みの日までセスナ機の操縦を楽しむほど飛行機好きであることは知人内では有名な話だ。つい先日も知り合いのパイロットから、いるはずのない空港の無線に秀也の声を聞いて驚いたと聞かされたりした。

郁弥のいる奈多空港にも度々遊びに来てくれるのだが——。

「え……消息を、絶っているって——」

その秀也が乗ったセスナ機が行方《ゆくえ》不明であると聞かされて郁弥は絶句した。

日差しの中にはっきりと春を感じ始めた三月半ば。

今日も、そんな秀也の趣味であるセスナ機を飛ばしての奈多空港訪問だった。

ここしばらくフライトや勤務の関係ですれ違い、会えなかったこともあり、失恋をしたあの夜以降初めて顔を合わせることになる。そのことに、気持ちが揺れることは不思議となかったが、ただどんな顔をして会えばいいのか少しだけ不安だった。

そんな、ある意味のん気なことを考えていた郁弥だが、予定時刻を過ぎても秀也から連絡ひとつ入らないことをおかしいと思い、セスナ機を所有している山田《やまだ》航空に連絡をして初めて、それを知ったのだ。

『とにかくこっちもひどく混乱していてね。今、できるだけ情報をかき集めて——』

受話器を持つ手がぶるぶると震えた。

「そんな……」

通話口からはすでに電話の切れたむなしい音しか聞こえてこない。それでも、郁弥は体が固まったように動けなかった。

秀也はパイロットとしてはベテランだ。年は若いがその技術はずば抜けているらしい。郁弥自身、何度もセスナ機に乗せてもらったし、その操作技術には信頼を寄せていたのに。

万が一なんてあるわけないのにっ。

郁弥は取り落としそうになった受話器をようやくフックに戻し、目を閉じる。

色々としなければいけないと思うのに、頭が真っ白で何も考えられない。

「どうか、無事で――」

冷え切った手を額に当てたとき、整備室のガラス戸がカラリと開いた。

「こんにちは、お疲れさまです、和良さん」

明るい声に顔を上げると、悪戯《いたずら》っぽく笑みを浮かべた三ツ谷が立っている。

「急きょ、奈多空港からのフライトが決まって――……和良さん？　顔色が悪いですよ。どうなさったんですか？」

笑顔で話し出した三ツ谷だったが、言葉を止めると大またで近寄ってくる。

「和良さんっ」

心が少しも追いつけなくて、ついぼんやりしてしまった郁弥の視線に合わせるように、三ツ谷が覗き込んできた。心配げに見つめてくる三ツ谷の瞳に、ようやく正気に戻された気がする。

「秀也兄さんが――…」

「秀也兄さん……和良キャプテンがどうかされたのですか？」

けれど続く言葉はなかなか出てこなかった。

そんな郁弥を見て、三ツ谷はぐっと肩を抱くと奥のソファへと歩き出す。

「和良さん、話を聞かせて下さい」

郁弥だけを座らせ三ツ谷はその前にひざまずくと、郁弥の冷えた手を温めるように両手でそっと包んだ。

三ツ谷の低く、ことさらゆっくりとしたしゃべり方に、郁弥の動揺も落ち着いてくる気がした。説明をしていくうちにまた何度か気持ちが昂ったが、その度に力づけるように三ツ谷の両手に力がこもった。

「話はわかりました。ちょっと待って下さい、確認を取ります」

話を聞き終わった三ツ谷は、その場で幾つかの場所に電話をしたかと思うと、郁弥の手を引いて立ち上がる。

「和良さんの勤務時間は終わっているんですね？」

「うん、それはとっくに……」

先ほどまではガチガチに強ばっていた心も体も、今はほんの少しだけ緩んでいる気がした。

三ツ谷が傍にいることがこんなにも心強いなんて――。

「ではそのセスナ機を管理している山田航空へ行きましょう。入ってくる情報もその方が早いです」

促されるまま、同じ空港内にある山田航空の事務所へと歩き出す。

「三ツ谷くん、君、仕事は――？」

しばらく並んで歩いていたが、郁弥は三ツ谷がパイロットの制服を着たままであることに気付く。

先ほどフライトだと自分でも口にしていたし、今駐機場に止まっている飛行機のパイロットクルーとして奈多空港に来ているのなら大変なことになる。あの便はもうじき出発なのだ。副操縦士なしに飛行機を飛ばせるわけがない。

別の意味で慌ててしまった郁弥に、三ツ谷はそんなことまで考えられる余裕が出てきたことに安堵するようにほっと笑顔を見せた。

「今日は泊まりですから、この後仕事はありません。だから、和良さんは何も心配しなくていいですよ」

「でも――」

「実は待機日だったんです。明日の奈多空港九時発のコパイが忌引《きび》きで急きょ離れることになったので、スタンバっていたぼくが代わりに。だから、和良さんに会いに来たのですが。よかった、こんな時に傍にいられて――…」

最後は嚙みしめるように小さく呟いただけだったが、郁弥の耳にはストレートに飛び込んできて、何だかとても泣きたい気持ちになった。

到着した山田航空の事務所はかなり慌しくなっていた。それに煽《あお》られるように郁弥もまた焦燥感《しょうそう》がこみ上げてくる。

「和良さん、キャプテンの操縦の腕は確かです。一緒に飛行したぼくが保証します。だから大丈夫です」

憔悴《しょうすい》した郁弥を気遣ってか、隣で三ツ谷が落ち着いた声で励《はげ》ましてくる。

「うん、でも――…」

「大丈夫です、信じましょう」

力強い三ツ谷の言葉に頷くものの、不安は後から後からわいてくる。

何事も絶対というものがないことは小さい頃に身内をいっぺんに亡くした郁弥が一番よく知っていた。もちろん墜落なんて信じてはいないが。

郁弥は青ざめた唇をきゅっと嚙みしめる。

「和良さん、携帯、鳴っていませんか?」

三ツ谷の声にのろのろとポケットから携帯を取り出す。仕事上、緊急要請が入る場合もあって切ってはいけないことになっている。

「はい?」

『郁弥か？　おれだ』

聞こえてきた声が信じられなかった。慌てて携帯を耳から離して画面を見ると、驚愕《きょうがく》する名前が出ている。

「秀也兄さんっ！」

叫んだ郁弥の声に、事務所内の人間がはっと息をのんだ。

『山田航空に電話をしてるんだが、ずっと話し中でさ。郁弥、今どこにいる？　悪いが山航に行ってさ――』

「秀也兄さんっ、無事ですか？　今どこにいるんですか、ケガは？」

わっと事務所中の人間に囲まれた。

『――無事だ。ケガもかすり傷程度だし、心配かけたな。おまえに一番に連絡ができてよかったよ。そこ、山航の事務所なんだな？　悪いが所長に代わってくれ』

溢《あふ》れてきた涙を片手で隠して、携帯を事務所の人間に渡す。

――無事だった…。

涙は止まらなかった。

秀也の声もしっかりしているのをこの耳で聞いてようやく安心できた。

「和良さん」

「うん……無事、だった…っく」

腕を引き寄せられ、郁弥は三ツ谷の制服の肩に額を押し当ててむせび泣く。

「皆に無事だって連絡しなければ……一番に、連絡をくれたんだから……」

涙を止めなければと自戒《じかい》の意味をこめて呟いた郁弥だったが、三ツ谷の腕に一瞬くっと変な力が入った。すぐにまた優しい抱擁《ほうよう》に戻ったが。

事務所内もわっと歓声が上がっている。

どうやら燃料切れで山間《やまあい》の空き地に不時着したのだという。連絡が遅くなったのは、携帯の通じない場所から移動していたかららしい。

「よかったですね」

顔を上げると目があった三ツ谷が微笑みかけてきた。が、その表情にはなぜか様々な感情が織り交ぜられていて、郁弥はまた不安が押し寄せてくる。

「三ツ谷くん？　何か…秀也兄さんにはまだ問題が残っているのか？」

郁弥は思わず三ツ谷に詰め寄った。

「パイロットである君の目には何か別の不安材料が見えてたりする？　秀也兄さんは、本当は大丈夫じゃないのかっ」

腕をきつく摑んで揺さぶる。

必死に見上げる郁弥に、三ツ谷は虚《きょ》をつかれたように息をのんだ。

「本当にどこまでも――…」

口の中で何かを呟きかけた三ツ谷は切なげに唇を歪ませたが、それもすぐに押し隠してしまった。

「失礼しました。いえ、何もありません。和良キャプテンは大丈夫です」

お祭り騒ぎのような事務所の盛り上がりの中で、なぜだか三ツ谷だけがひとり冷静のような気がした。


「和良さんは本当にキャプテンのことが大事なんですね」

事務所が慌しくなったので、郁弥と三ツ谷は外にある休憩《きゅうけい》スペースに移動した。

セスナ機の回収は明日以降になるが、秀也救出にはもう車を走らせている。最終的に秀也は一度この事務所に戻るというので、郁弥はここで帰りを待つことにしたのだ。

そして、自動販売機で買った缶コーヒーを郁弥に渡しながら、三ツ谷は先ほどの言葉を口にしたのだった。

「三ツ谷くん?」

「――あ、いえ。もちろんキャプテンの無事は心から喜んでいます。けれど、和良さんの喜ぶ顔を見ていると正直妬《や》けるなと思ってしまって。今回のことで、キャプテンへの思いの深さを思い知りました」

三ツ谷が苦笑して言った。三ツ谷の声音に重苦しい何かが混じっていたことに、浮かれていた郁弥は気付かなかった。

「そうだね、秀也兄さんは大切な家族でもあるから」

郁弥は昔を思い出すように汚れの目立つ天井《てんじょう》を見上げる。

「昔、両親が死んで目の前が真っ暗になったとき、何度も励ましてくれたんだ。おまえにはまだ家族がいる、おれがいるからって、抱きしめてくれた。嬉しかったな」

「——だから、キャプテンを好きに？」

「そうだね、それもあったけど。でも、気付いたときにはもう好きになっていたんだ。いつ好きになったかなんて、実際覚えていないんだ。おれにとってはいつだって大切な、絶対唯一の人だったから」

三ツ谷に聞かれるまま、改めて自分の心中《しんちゅう》を見つめなおす。

あの頃は確かに無条件で好きだった。秀也以上に好きな人なんてできやしないと思っていた。

でも、今は————。

静かに郁弥の話を聞いてくれている三ツ谷をちらりと横目で見やる、が。

「……キャプテンも、和良さんをとても大事にされていますからね」

静かにそれを口にした三ツ谷だが、光の加減だろうか。いつもは澄んで見える黒い瞳に深い影がさしているように見えた。

「そう、かな」

郁弥はそれが少し気になって返事がおざなりになる。

「ええ。何かあったとき、キャプテンがいつも一番に連絡されるのは和良さんじゃないですか。今日の安否《あんぴ》の連絡にしても、以前ぼくが初めて和良さんと食事をしたときの、彼女の紹介にしても」

「あぁ、あれは……違うんだ。以前、おれが秀也兄さんの彼女からちょっとした嫌がらせを受けたことがあって、それから秀也兄さんはおれと仲良くできる女性じゃないと付きあわないなんて腹を立てたことがあったんだ。たぶん、その延長線のものだったんだよ、彼女をおれに一番に紹介したのも」

苦笑しながら郁弥は打ち明け話をするが、三ツ谷の様子に気付いて口をつぐむ。

「もしかして、和良キャプテンは――…」

ひどく深刻な表情で何かを言いかけ、けれど三ツ谷は絶句したみたいに押し黙った。

「三ツ谷くん？」

郁弥が呼びかけると、三ツ谷は瞬きをして目を伏せた。しかしまたすぐにふらふらと、まるで郁弥に縋るように目線を上げて口を開く。

「和良さんとキャプテンは、もう確かな何かでつながっているのではないですか？　ぼくには、そう見えてなりません……」

「確かな何かって、三ツ谷くん？　いったいどうし――」

「あ、いたいた」

そこに、山田航空のスタッフが駆け込んできた。

「さっき連絡があってね、和良さんがここじゃなく病院に向かうことになったんだって」

はっとした郁弥の意識が一瞬にして三ツ谷から逸れる。だから、隣で切なげに目を伏せた三ツ谷には気付けなかった。

「病院っ？　やっぱりどこかケガをしていたんですか？」

「いやいや、ケガはかすり傷程度らしい。ただ、一応衝撃を受けたわけだから、脳波とかとっておいた方がいいということでね。大事を取って今夜だけの入院だ」

「どこの病院ですか？」

「うん、今からもう一台車を出すことにしたから君も乗りなさい」

スタッフから言われて郁弥は一も二もなく立ち上がりかける。

「三ツ谷くんは――」

隣にいた三ツ谷にも声をかけたが、三ツ谷は一度迷うように郁弥を見つめたあと、何かを振り切るように首を振って言った。

「すみません。明日もフライトがありますし、ぼくはここで失礼させて下さい。和良キャプテンが無事だとわかって安心しました。和良さんも元気になられましたしね」

「…ぁ、うん、そうだった。三ツ谷くんは明日朝からのフライトだったね。こんな時間まで付きあわせて本当に申し訳なかった」

「いいえ、和良キャプテンによろしくお伝え下さい」

頭を下げると三ツ谷は笑顔で送り出してくれた。すぐに待機していたワゴン車に乗せられて発車する。

振り返ると、三ツ谷がずっとひとりその場に立って、郁弥の乗る車を見送っていた。いや、何かを思って立ち尽くしているだけのようにも、見えた。


「三ツ谷くん」

翌朝、三ツ谷がフライト前の機体チェックをしているところを捕まえることができた。

「おはよう、昨日は本当にありがとう」

昨夜、ケガらしいケガもない秀也と病院でようやく顔を合わせたのは夜も更けてから。その時にやっと本当の意味で郁弥は安心できたのだった。

秀也が不時着した原因はまだはっきりとしないが、整備の不手際によるオイルもれではないかと推測されている。

『おまえにもずいぶん心配をかけたな』

ベッドの上で半身を起こしていた秀也は少し疲れているようだったが、それでも表情は明るくて、郁弥はほっと安堵の息がもれた。

『そうですよ、皆心配していたんだから』

『皆？　まさかオフクロ達にも連絡を入れたのか？』

ばつが悪そうに顔をしかめる秀也に、郁弥は怒った表情を作る。

『当たり前じゃないですか。でも、おばさん達には無事だって、さっき改めて連絡を入れておきました。赤池さんは……泣いてましたよ』

秀也がそれを聞いて面映ゆげに唇を歪めたのを見て、こんな時なのに郁弥は自分の秀也への恋がはっきり終わっていることに気付く。秀也の恋人への思いの深さを見せつけられても、微笑ましいと笑みさえ浮かべていられたのだ。

それより、心はすでにずいぶん前に別れてきた三ツ谷に飛んでいた。

秀也は大丈夫だと何度も励まし、最後まで色々と気遣ってくれたのに、ろくに礼も言えずひとり残してきてしまったこととか。今すぐ飛んで帰って、三ツ谷に自分を支えてくれた感謝の気持ちを伝えたい、とか。

「和良さん？」

昨夜のくすぐったいような気持ちを思い出していた郁弥を、三ツ谷が怪訝《けげん》な表情で見る。

「いや、本当に――ありがとう」

いつだって郁弥に力をくれる。

優しく落ち着いた声で勇気づけてくれるし、温かい腕で慰め励ましてくれる。

今まではそんな三ツ谷に甘えてばかりだったが、これからは自分こそが優しさと温かさを与えられるような存在でありたい。三ツ谷が苦しんでいるとき、勇気づけられる力になりたい。

三ツ谷と同じように愛したい――。

秀也が好きだったときには感じたことのない柔らかな気持ちに頬が緩んでいく。

おれはいつの間にかこんなにも三ツ谷くんのことが好きになっていたんだな……。

頬を撫《な》でる春の暖かい風さえも、郁弥の気持ちに味方してくれているようで心が弾む。

「秀也兄さんもまったく問題なくてね。君に礼を言っておいてくれと伝言を頼まれているんだ」

「いえ、無事でよかったです」

けれど、返ってきたのは硬い口調と強ばった表情だった。

「三ツ谷くん、どうかした？　目が赤いね。元気も、ないみたいだし」

その時になって、三ツ谷がいつもと違う雰囲気であることにようやく気付く。

「いえ、これは――何でもありません」

ムリに笑顔を浮かべようとしていてさらに心配になるが、フライトまであまり時間もないことから、手早く話を済ませることにした。

「三ツ谷くん、その、今度時間を取ってくれないかな。昨夜のお礼もしたいし……話もあるしね」

キャプテンがこちらに歩いてくるのを見つけて早口で言った。

副操縦士である三ツ谷は、キャプテンがスタンバイする前に全ての準備を整えておかないといけないからだ。

三ツ谷もちらりとキャプテンを見たが、けれどその場に立ったままだ。

「三ツ谷くん？」

不審がって声を上げると、三ツ谷の口元がきっと引き締まった。

「和良さん」

そして、顔を上げたそこには決然とした表情が浮かんでいて郁弥はわけもなくどきりとした。

「お話は、今聞かせてもらえませんか？」

「えっ！」

三ツ谷のいつもと違う様子に戸惑ったが、それ以上に吐かれたセリフに目を丸くする。

「いや、その……まぁ、大した話じゃないんだけど」

周囲で忙しく働くスタッフ達の存在も気になったし、何よりこんな慌しい状況で話したくなかった。

だからそうごまかした。

三ツ谷は、通り過ぎるキャプテンに目礼《もくれい》してからもう一度郁弥に向き直る。

「ぼくも和良さんにお話があります。だからここで会えてよかった」

「話？」

「はい。ぼくは——あなたを諦めることにしました」

静かな口調であまりにもさらりと言われたから、郁弥は一瞬何を言われたのかわからなかった。

「え……」

けれどその途中で一度だけ、三ツ谷の唇が小さく震えたのを見た気がした。

「いえ、もう諦めました。和良キャプテンには敵《かな》わないとつくづく感じました。あなたの、キャプテンへの思いの深さにも……」

呆然《ぼうぜん》と声も出せない郁弥に、三ツ谷は切なげに目を眇《すが》める。

「昨日のあなたを見ていたら、その思いはいつか叶うのではないかと思えてなりません、今はたとえまだ無理でも。その時に未《ま》だぼくの存在を許していたなら、あなたは優しい人だから、苦しむのではないでしょうか」

郁弥は無意識に首を横に振ったが、三ツ谷は強ばった表情を緩めない。どころか、郁弥を見つめたまままさらにその眦《まなじり》をきつくする。

「何より自分が恐ろしいんです。この先、振り向いてもらえないであろうあなたを、それでもぼくは——……っ」

ぎりっと、思い余ったように唇を噛んで言葉を止めた三ツ谷は、二度、三度と小さく首を振った。

「いえ、いえ——昨夜よく考えた結果です。猶予期間は終わりにさせて下さい。今後、あなたに会うときは一パイロットとして以上の関わりは持たないことにさせて下さい。もちろんメールもやめます。お礼は今日の言葉だけで十分ですから」

一気に言った三ツ谷は、一礼すると飛行機へつながるタラップを上がっていこうとする。

「ちょっと、ちょっと待ってくれないか！」

ようやく事態をのみ込めた郁弥が三ツ谷を呼び止めるが。

「和良さん、あなたの思いがキャプテンに通じることを心から祈っています。いや、あなたの思いはきっとキャプテンに通じると思います。だってそんなに真っ直ぐで、きれいな思いなんですから」

優しく微笑まれて郁弥は言葉を失くした。そんな郁弥から視線をもぎ離すように前を向いた三ツ谷は唇を引き結び、呆然と立ち尽くす郁弥を残して飛行機へと消えていく。

どうして……。

郁弥は何が何だかわからなかった。

とても現実のこととは思えない。

髪をひるがえす風だって、温かく優しいままなのに。
けれど以降――――三ツ谷からの連絡はふっつり途絶えてしまった。

休憩スペースである廊下の行き止まりの一角からは、秒刻みといっても過言ではないペースで、飛行機の離発着が繰り返されている様子が望めた。

空は晴れてはいたが薄く紗《しゃ》がかかっているようにぼんやりとしており、これが俗に言う花曇りかと、建物脇にある小ぶりな桜を眺めながら郁弥は思った。

「もう、春なんだな……」

「桜か。せっかく仲間が集まったのに、今日帰るのでなければな。皆で花見でもするのに。うちはまだ極寒《ごっかん》の真冬だからよ」

郁弥の独り言《ひとりごと》に、タバコを吸いに来ていた中標津《なかしべつ》空港の同僚《どうりょう》が返事を返してくる。

「あぁ、そうか。まだ寒いよな、あそこは」

「おう、今回の研修に来るのだって雪で欠航になりそうでハラハラしたぜ」

「北海道はまだ雪が降るのか」

郁弥が勤務する奈多空港に最後に雪が降ったのはいつだろうか。

「――そうだ…」

早春の、あの日だ。

飛行機が着陸をしそこなって――ロングコートをはおったあの男が客には災難だが自分達にとっては勉強になるからと苦笑していたっけ。

三ツ谷とまだ笑って話せていた頃だ。もうずいぶん昔のことのように思える。

三ツ谷から離別の言葉を告げられて二週間。

本当に三ツ谷とは何の接点もなくなってしまった。

故意ではないかもしれないが、毎日のフライトでも三ツ谷を見かけなくなったし、何より連絡がまったくつかなくなった。定期連絡のメールもふっつり途絶えて、こちらからメールをしても何の反応も返ってこない。

もう、どうすることもできないのかもしれない――……。

日本中を飛びまわるパイロットを捕まえる難しさは、秀也を身内にもつ郁弥が一番よく知っている。三ツ谷から何らかのアクションを取ってくれないと、連絡を取るのはかなり厳しいだろう。そして、今の三ツ谷にはもうその気さえないのだから絶望的だ。

もう一度話をすればどうにかなるとどこかで思っていた自らの安閑《あんかん》ぶりに涙も出なかった。

最後のあの時、ちゃんと話をしておけば何か変わっていただろうか。

薄紅の春の色を眺めながら、郁弥はため息をついた。

「そういえば、和良。さっきはどうしたんだよ。優等生のおまえがあんな珍しいポカをやらかすなんてさ」

タバコを灰皿にねじ込みながら中標津空港の同僚がからかってくる。

「いや、ちょっと考えごとをしてて」

郁弥は苦しげに答えたが、自分でもあんな簡単な質問に答えられなかったことが情けなかった。ここ最近、自分が自分でなくなったみたいに何もかもがうまくいかない日々が続いている。

郁弥は今、羽田空港に研修に来ていた。一日で済んでしまう簡単なものだが、いつもであれば体を動かして何も考える暇がないのにこうして机に座って勉強となると、内容が簡単であるだけについ色々とほかのことを考えてしまうのだ。

同僚が慰めるように肩を叩いて去ったあとも、郁弥は久しぶりに再会した各空港の整備士仲間が和気藹々《わきあいあい》としているだろう講習室に戻る気にはなれなかった。

ひとりになった休憩スペースで、郁弥はよりかかっていた窓にこめかみを当てる。

あの離発着している飛行機のどれかに、三ツ谷は乗っているだろうか。

何がいけなかったのかと何度も思い返す。

もう少し早く好きだという思いに気付けばよかったのか。

三ツ谷に甘えすぎていたのではないか。

秀也のことを知られなければよかったのか。

もう遅いというのに、後悔ばかりがこみ上げてくる。

自分でも優しいと思う笑みがこぼれ出てしまうほど温かかった思いが、これほど鋭い凶器に変わってしまうなんて思わなかった。三ツ谷への恋情が、自らの心を、体を、ナイフのように切り裂いていく。

「和良、休憩終わりだぞ」

講習室のドアを開けた格好の教官から声をかけられ、郁弥は慌てて体を起こす。気を引き締めないと、と思っていたのにもうこれだ。

郁弥は深いため息をついて歩き出した。

「レポート提出って、最後の最後でやってくれるな」

なかなか身も入らなかった講習だが、何とか終わってほっとしたのも束の間、恒例《こうれい》とはいえ後日提出のレポートを抱えて郁弥は苦笑した。出発前の待合ゲートで、ほんの少しでも進めておこうかとボールペンを手にするが、空港の独特な空気にすぐに気も散ってしまう。

三ツ谷は今どこを飛んでいるだろうと、ぼんやり視線をさまよわせてしまう――が。

「あ………」

はっと郁弥はその場で立ち上がりかける。

どうして――…？

ロビーを見ていた郁弥の視界に三ツ谷の姿が飛び込んできたからだ。

澄んだ瞳で正面を見据えて歩いてくる三ツ谷は、王宮を闊歩《かっぽ》する宮廷人のように優雅でいながらしかし凛然としていて、ロビーにいた女性達から小さな喚声《かんせい》が上がっている。

郁弥は肘かけ部分をきつく摑んで、ふらつきそうになる自らの体を支えた。

三ツ谷と並んで歩いてくるのは郁弥も見知ったキャプテンだ。その後ろにはきらびやかなキャビンアテンダント達を連れて、郁弥のいる待合ゲートへと入ってきた。

「まさか……」

まさか、三ツ谷が奈多空港行き最終便のコックピットに乗るのか。

郁弥はごくりと喉を鳴らした。

通常であればこの便は羽田でフライトクルーがロビーから乗り込むことはないはずなのに、何らかのイレギュラーがあったのだろう。そのために、郁弥は三ツ谷が乗務すると事前に知ることができたのだが、それが良かったのか悪かったのか。

なぜなら、郁弥はこの便のジャンプシートで帰ることになっているからだ。コックピット内にある機長の後ろの補助シートで。

今回の講習による移動は往復路共にジャンプシートの利用を義務付けられていた。

「三ツ谷くん……」

少し、痩《や》せたか？

三ツ谷の頬の辺りが以前に比べて少し削《そ》げた感じがして眉を寄せる。

待合ゲートの一番奥に座っていた郁弥には気付かずそのままゲートを抜けていった三ツ谷に、駆け寄りたいともこのまま逃げ帰りたいとも思った。

もしかしたら、全てがうまくいくきっかけが作れるかもしれない。いや、逆に決定的な何かをつきつけられて絶望するかもしれない。

二つの相反する思いに苛《さいな》まれて息が苦しくなる。

三ツ谷を含むフライトクルー達がボーディングブリッジへ消えると、力を失ったように郁弥はがくりとまた腰を下ろした。

「どうしよう」

両手がぶるぶると震えてくる。

三ツ谷に会えない、と泣き言ばかり言っていたのに、いざ姿を見ると臆してしまう自分が情けない。

けれどそうして逡巡《しゅんじゅん》している間にも、時間は刻々と過ぎていく。

「これはチャンスなんだから……」

口の中で何度も呟き、自分の心を必死に奮《ふる》い立たせる。

覚悟《かくご》を決めろ。

タイムアップだ。

両手の震えが小さくなったのを機に、郁弥は社員証を手に立ち上がった。ゲートに立っていた地上係員に改札を開けてもらい、キャビンアテンダントに話を通す。

ごくりと大きくつばを飲み込んだあと、コックピットに入った。

「お疲れさまです」

出した声は擦《かす》れていた。

出発準備が忙しい時間帯のせいか、せわしなく作業していた二人だが、見知っていたキャプテンは軽く手を上げてくれる。しかし、三ツ谷は息を詰めるほどじっと郁弥を見つめていたかと思ったら、あとはそっけなく、事務的な返事を返しただけだった。

郁弥がこの便のジャンプシートに座ることは事前に知っていたのだろう。以降、頑《かたく》なに前を向く三ツ谷からは動揺のひとつも見られず、全身で郁弥を拒絶しているのがわかった。

会って話をすればもう一度うまくいくかもしれない、なんて甘いことを考えていた自分に歯《は》噛《が》みする。

郁弥は硬いシートの上で目を閉じて、時間が過ぎるのをひたすら待つしかなかった。

今日は客が少なかったのか、搭乗がスムーズだったのか、早々と客室からドアクローズの報告が入ってきた。管制塔に出発の許可をもらうと、三ツ谷がエンジンスタートのためのチェック項目を読み上げていく。

きびきびとした、けれどしっとりと落ち着いた低い声に、郁弥は閉じていた目を開く。斜めに見える三ツ谷の横顔にいつしか吸い寄せられていた。

前輪の下にいる牽引車《けんいんしゃ》に押されて機体はゆっくりバックを始め、後方からはエンジン音が次第に大きく聞こえてきた。ターミナル沖での牽引車の取り外し作業の完了を、飛行機の前方に立つ整備士のＯＫサインで確認すると、アイドリングしていた飛行機がタキシングを始める。

離陸まで数分足らずのコックピットが一気に慌しくなった。

キャプテンと打ち合わせながら様々なチェックを行う三ツ谷のサングラス越しに見えるその真剣な眼差しに、郁弥は自らも飛行機をフライトさせるような緊張感がわき起こってくる。思わず、息を詰めてしまう。

計器のチェックや動作確認を行う真摯な表情は、いつもの穏やかさが消えて厳しいほどだ。

頭上に伸ばす三ツ谷の長い腕に、そういえば以前もこの瞬間にどきりとしたことを思い出す。

まだ三ツ谷という名前さえ知らなかった頃のことだ。

けれど、あの時と今ではまったく違う。秀也を思って寒空《さむぞら》へ飛び立ったあのコックピットのときとは違って、今はこんなにも、目の前にいる三ツ谷が愛《いと》しい。

そのせいだろうか。

三ツ谷の厳しすぎる眼差しも緊張感をたたえた頬の強ばりも引き絞られた口元も、ゾクゾクするほどの男としての色香《いろか》を感じて陶然《とうぜん》となる。

こんな時に何を考えているのだと郁弥は何度も思いを振り払うが、胸のドキドキは止まらない。懸命に生真面目な表情を作り、郁弥はシートの上で何度も身じろぎをした。

けれど、そんなひたむきで凜然と仕事に向かう姿を見ていると、ふいに思い出したことがあった。

『どこまでも一心に機体に向きあう姿から、この仕事に対する情熱やプライドといったものがひしひしと伝わってきて――ぼくは、あなたの整備する飛行機を操縦したくてパイロットになったのです』

初めて三ツ谷と会ったとき、まさにこの同じコックピットで言われたことを。そして、そんな自分を好きになったと告白されたことも。

郁弥も三ツ谷の操縦する姿を見て、もっともっと自分の整備をしっかりしなければと気持ちが奮い起こされる。

こんなふうに思わせてくれた三ツ谷を改めて好きになる。それは、震え上がるほど強く、目の前がぶれてしまうほど激しく――。

このまま諦めるなんてとてもできないっ。

胸苦しさを抱えて、郁弥は三ツ谷を見つめ続けた。

渋滞する時間だったせいか、ようやく滑走路に進入した飛行機は待ちかねたとばかりに一気に加速を始めた。ぐんと体が背もたれに押し付けられる。

「エイティ！」

計器を読み上げるずっと穏やかだった三ツ谷の声にもわずかな緊張の色が混ざっている。

「V1!」

機体のスピードはどんどん上がっていく。

ふわり、と機体が浮き上がる感覚をこの身でもって感じたあと。

「VR!」

三ツ谷のコールと共に飛行機は空へと飛び上がっていく。

乗りなれた飛行機だしそう珍しくもないコックピット風景だが、なぜだかこの時郁弥はひどく感動してしまった。不覚にも浮かんでしまった熱いものを必死でのみ込む。

「V2!」

まだ表情を強ばらせたままコールを続ける三ツ谷から、郁弥はそれでも目を逸らさなかった。

上空でゆっくり旋回したあと、飛行機は沈んだばかりの夕日を追いかけるように夕焼けの空へとかけ上っていく。地上はベイブリッジのネオンも眩しい夜だが、向かう地平線間際には、まだ昼間の空のような青さと夕方の赤橙《せきとう》が居座っていた。

知らず肩に入っていた力を、そっとため息と共に吐き出す。

その頃になると、オートパイロットに切り替わったせいか、コックピット内もようやく緊張がほぐれてきた。

「和良くん、君のお兄さんは結婚が本決まりだって聞いたよ」

機内アナウンスを終えたキャプテンが思い出したように話しかけてきたのは、秀也のことだった。会社内では事情を説明するのも面倒なので、秀也とは兄弟で通しているのだ。

「耳が早いですね。つい先日、婚約を終えたばかりです。兄は、今年の秋口には式を挙げたいって言ってました」

「とうとう彼も年貢《ねんぐ》の納め時か。いや、よく結婚する気になったものだな、あれほど賑《にぎ》やかだった男が。社内でも泣く女性は多いだろう、罪深い男だ」

キャプテンに相槌《あいづち》を打ちながら、郁弥はそっと三ツ谷を見る。

以前、秀也のことを口にして郁弥を諦めると言っていたので、三ツ谷が今どういう思いでこの話を聞いているのか気になったのだ。が、三ツ谷は真っ直ぐに前を向き、いまだ厳しい表情で虚空《こくう》を見つめている。

もう郁弥のことなど気にもしないのか。

先ほどから話しかけるチャンスを狙《ねら》っているのに、まるでまったくの見知らぬ他人同士のようなよそよそしさを感じる。

取り付く島もない。

郁弥は離陸のときに覚えた衝動もそれによって奮い起こされた勇気も失いかけていた。

もしかしたら、二週間という空白が三ツ谷の気持ちを決定的な何かへと変えてしまったのかもしれない。こんなに近くにいるのに、三ツ谷はとても遠いところにいる気がした。

キリキリと痛み出した胸の辺りを右手で摑んで外を向く。三ツ谷と反対側の窓を。疲れた様子の郁弥を気遣ってか、キャプテンもそれ以上話すのを控えてくれたようだ。そのせいで、コックピットの静かすぎる時間は到着まで続いた。

奈多空港に到着した機体から郁弥が降機できるのは、全ての乗客が降りたあとになる。コックピットからそれでもキャプテン達より一足早く降機したが、どうしても三ツ谷が気になって、飛行機のドア近くにいた整備士仲間といらぬ立ち話などをしてしまう。

「あれ、和良さーん」

そんな郁弥に大きな声で話しかけてきたのは、地上職員で郁弥とも仲がいい西《にし》という男だ。

「こんなところで油を売ってないで、早く店に行って下さいよー。ずいぶんゆっくりして、まさか今日の花見を忘れたわけじゃないでしょうね」

「え？　あっ！」

「まさか？」

じろりと睨まれて郁弥は首をすくめた。郁弥より年下だが大柄《おおがら》で押しの強いこの男にはいつもタジタジとなる。

「――ごめん、忘れていたよ」

「う、わー」

がっくりと力が抜けた演技をして、西が郁弥にもたれかかってきた。

「ごめん、家に寄ってからすぐ行くから」

「お願いしますよー、和良さんが来るのだけが俺の楽しみなんですから。花より断然和良さんだって、知ってるでしょー」

懐《なつ》いてくるのをいつもの調子だと苦笑して放っておいたのだが、背後《はいご》から突き刺すような怒りの波動を感じて、その激しさに怖気《おぞけ》立つ。息をのんで振り返ると、飛行機の入り口に立っている三ツ谷と目が合った。その、全身が凍りつきそうな冷ややかな視線。

怒りと――様々な感情が、今三ツ谷の瞳の中で炸裂《さくれつ》している。

「――――通してくれませんか」

耳に痛い声音は、なぜこうも刺々《とげとげ》しいのか。

久しぶりに会って、挨拶以外に初めて交わした言葉がこれかと郁弥は泣きたくなる。

「和良さんっ、何をぼうっとしているんですかー」

通路を塞《ふさ》ぐかたちになっていた郁弥を、後ろから西が体を攫《さら》うように端へと引っ張る。よろけて西に支えられた郁弥だが、それを見て、三ツ谷のこめかみ辺りがぴくぴくと動いた気がした。けれど、すぐにさっと感情の全てを瞼の下に隠して郁弥の前を通り過ぎていく。

フライトクルー達が通り終わったとき、郁弥の全身は小刻みに震えていた。

「何か、イヤなコパイでしたね」

西の小さいとはいえない声に、ほんの数メートル先を歩いていた最後尾のキャビンアテンダントが咎《とが》めるように振り返った。

「俺、すっげぇ目で睨まれたんですよー。ちょっと邪魔だったからってあんな顔をしなくてもいいのに。フライトが大変だったんですかね、ピリピリしちゃってー」

剣呑《けんのん》な顔のキャビンアテンダントには気付かずのん気に唇を尖《とが》らせている西だが、コントロール室から突然無線で呼ばれて姿勢を正《ただ》している。

感情が飽和状態になると、何も感じなくなるのだと郁弥は初めて知る。悲しいとも苦しいとも思っているのに、心の中は真っ白だ。

郁弥はふらりと歩き出した。

「おっと、和良さーん。いつものあの店ですからね。先に行って待ってて下さーい」

その背中に声がかけられる。あ、と思って振り返ると、両手を振り上げて送り出す西がいた。その屈託《くったく》のない笑顔に、花見には行かないと今さら言えなくなった。

郁弥は重い足取りで到着ロビーへと歩いていくのだった。

「遅いですよー、和良さん。最後まで仕事をしてきた俺より遅いって何事ですかー」

すっかり酔っ払って赤い顔をした西に、店に入ったとたん絡《から》まれてしまった。家に帰って今日は寝てしまいたかったが、西に念押しまでされてしまった以上、花見に出席せざるをえなかった。時間稼ぎにシャワーを浴びて乗り込んだが、宴《うたげ》はまだ序の口といった雰囲気だ。

会場は大きな公園に隣接する和風ダイナー。

職員の誰かの実家だそうで、最終便が着いたあとの遅い時間でも営業してくれるありがたい店だ。公園を見下ろせる大きな窓からは、見事な桜並木が望める。店内も大きな枝張りの桜が生けられていて、まさに花見の宴そのものだが、皆は酒が飲めればいいとでもいうようにもう見向きもしていなかった。

「はーい、皆さーん。奈多空港のクールビューティ、和良整備士の到着です」

店内に響き渡る西の大声に、至るところから握らされたグラスへ乾杯のグラスがぶつけられる。両肩を掴む西に店の奥へと進まされるが、窓側のテーブルに信じられない顔を見つけて足を止めた。

「三ツ谷く――…」

入り口からは桜の枝に遮《さえぎ》られ見えなかった一角に、三ツ谷が座っていた。同じテーブルを囲むのはキャプテンやキャビンアテンダント。今日、郁弥が乗ってきた最終便のフライトクルー達だ。

「あー、そうそう。今日のクルー達も花見に参加してくれたんです」

西の大声に、テーブルのキャプテンが気付いて手を上げてくる。三ツ谷は聞こえなかったのか、隣のキャビンアテンダントと話し込んだまま顔も上げなかった。

郁弥はぐっとせり上がってきた衝動に慌てて顔を伏せる。

やっぱり来なければよかった……。

三ツ谷のすぐ隣のテーブルに座らされ、いつもの賑やかなトークを始めた西に相槌を打ちながら思った。

周囲から聞こえてくる楽しげな笑い声の中、こんなみじめな思いを噛みしめているのに、ムリに笑顔を浮かべなければならない。

視界の端に三ツ谷が映るが、郁弥はあえて見ないようにグラスばかりに手を伸ばす。

それでも一度だけ意を決して三ツ谷を見たとき、隣のショートカットのキャビンアテンダントと顔を寄せあい話をしていた。しかも、彼女の手はなれた相手のように三ツ谷の腕に触れていたのだ。

もしかして新しく作った恋人なのかもしれない。そう思ったほど、郁弥の目には二人がえらく親密に見えた。

確かに、あれほど可愛い女性を恋人としたら郁弥など見向きもしなくなるわけだ。

いや、それどころか。過去に同性を好きになったなんて事実は、嫌悪すべきものではないだろうか。

そして、その元凶《げんきょう》でもある郁弥が目の前に現れたりなどしたら――。

「……っ」

いつも穏やかで優しかった三ツ谷がさっきの飛行機脇であれほど豹変《ひょうへん》した理由がようやくわかった気がした。

三ツ谷にとって、自分はもう目障《めざわ》りな存在になっていたのだ。

けれど――そんなふうに三ツ谷に嫌われたと知ってしまっても、郁弥はどうしても三ツ谷を思い切れない。苦しくて切なくてみじめで仕方なかったが、好きだという思いからは逃れられなかった。

「和良さん、話ぃ聞いてますか？」

メカオタクの気のある西のマニアックな会話には少々ついていけない部分もあるが、同類だと自覚する郁弥にはいつも楽しいものであった。が、やはり今日ばかりは耳をすり抜けていく。

それが伝わるのか、ふてくされたように腕を引っ張られる。

「いつもの熱いトークはどこにいったんですか。俺についてきてくれるのは和良さんだけなんですよー」

「ごめん、聞いているんだけどね。疲れているのかな、酔いが回るのが早くて――…」

郁弥は額に手を当てて目を瞑《つぶ》った。グラスにばかり手を伸ばすせいで、実際目の前も回っている気がする。

「うっわー、和良さんが酔っ払うの、初めて見ました。マジ——大丈夫ですか？」

珍しくも酔態《すいたい》をさらした郁弥に正気に戻ったような西が覗き込んでくる気配がしたが、郁弥は口を開けなかった。

先ほどまでは酔うほどに忘れることができていた三ツ谷のことも、今はなぜだか酔う前以上に心に蘇ってくる。

『あなたが好きです。ぼくでは和良キャプテンの代わりになれませんか』

そう言ってくれたのに。

優しくて穏やかで、時に子供のように真っ直ぐで強引《ごういん》で——。

「和良さん？　しっかりして下さいよー」

西が体を揺すってくる。いや、西はただ郁弥の体を支えてくれているだけで、自身が勝手に揺れているのか。

「頭が痛いんだ。割れそう………」

「ええーっ」

覚えのある視線を感じて顔を上げると、目が合った瞬間瞼を伏せられた。隣のテーブルにいた三ツ谷だ。

そうだ。あんな熱烈な告白をしておいて、今はこれなんだ。

『あなたの思いがキャプテンに通じることを心から祈っています』

そんな簡単に諦められる思いだったなら、最初からかかわってきて欲しくなかった。

そうしたら、これほど好きになることもなかったのに。

「え？　え？　和良さーん？」

俯《うつむ》いた膝の上にぽとりと水滴が落ちる。続けてまた、音を立てて落ちていく。

胸に押し寄せた苦しみが、目からこぼれ落ちているのだと思った。

近くでガタンと慌しい音が聞こえたかと思うと、体を引き起こされる。

「大丈夫ですか？　化粧室に行きましょう」

硬い声音だったがそれが誰だかすぐにわかってはっと息をのむ。

「ええと、あなたはコパイの——？」

戸惑っている西を放置して、三ツ谷に強引ともいえる力で歩かされる。

「吐きそうですか？」

広めの化粧室に連れ込まれ、眉間《みけん》の辺りに険しさを漂わせた三ツ谷に静かに聞かれたが、酒に酔ってはいるが気分が悪いわけではない。小さく首を振ると、三ツ谷はわずかにほっとして、桜が生けてある花器の隣の椅子《いす》に郁弥を座らせた。

濡《ぬ》らしたハンカチを差し出されるが、どうして今さらこんなに世話をしてくれるのか不思議でならない。目の前の男は幻《まぼろし》なのかとぼんやり見上げると、三ツ谷が苦しげに顔を背けた。

「なぜ、こんな無防備に泣き顔をさらすのですか」

苛立たしげに唇を歪ませる三ツ谷がまるで別人のようだ。ただただ驚いて凝然《ぎょうぜん》と見上げる郁弥に、ようやくふっと三ツ谷が表情を緩めた。

「……すみません、具合が悪いのでしたね。大丈夫ですか？」

郁弥が受け取ったままのハンカチをもう一度取り戻し、そっと目元に触れてくる。その頃になると、ようやく郁弥も正気に戻ってきた。

「ごめん、大丈夫だから、平気」

自分が無意識に泣いてしまっていたことを恥ずかしく思い、慌てて涙を拭《ぬぐ》おうとする。が、三ツ谷はその手を掴んで止めさせ、またハンカチを押し付けてきた。

「でも、ずいぶん飲まれていたから」

なぜそんなことを知っているのだろう。

三ツ谷の声音にも、頬に押し当てられるハンカチを持つ指にも、郁弥を気遣いたわりが満ちているのが不思議で、同時にとても切なくなった。

こんなに優しくしてもらっても、もう思いは叶わないくせに。

苦しいだけなのに――っ。

「……っ」

突き上げる衝動が熱いうねりとなってせり上がってくる。ひゅっと喉が鳴って、吐息《といき》がみっともなく震えた。

「和良、さん――？」

これ以上醜態をさらしたくなくて、郁弥はハンカチを持つ三ツ谷の腕を強い力で押しのけ立ち上がろうとする。

「和良さんっ」

けれど足元が揺れて、崩れかける郁弥をまたしても三ツ谷が助け起こす。脇から抱きかかえるように。

「和良さん、足にきているんじゃないですか？　ひとりではムリですよ、ぼくが――」

抗おうとする郁弥を宥《なだ》める口調は、奇妙なくらいに優しかった。

だから。

「もう放っておいてくれっ」

カッとなって声を張り上げる。

「君にはもう、関係ないだろ――っ」

まるで拷問《ごうもん》のようだった。望みのない相手に優しくするのは残酷だとしか思えない。

癇癪《かんしゃく》を起こした郁弥だが、しばらくの沈黙《ちんもく》のあとに返ってきた三ツ谷の声音は、なぜかひどく苦しげなものだった。

「……そうして、さっきのあの男に助けてもらうつもりですか。ぼくではダメなんですか」

思ってもみなかったセリフにえっと顔を上げる。と、そのタイミングで化粧室のドアが押し開かれた。

「あのぅ、和良さんは大丈夫ですかー」

西が心配そうな顔を覗かせる。

「西――…」

小さく郁弥が呟いた瞬間、背中に回っていた三ツ谷の腕にぐっと力が入って、強く引き寄せられた。

「和良さんは具合が悪いそうです」

胸元に押し付けられた耳から、体越しに聞こえてきたくぐもった三ツ谷の声。いつも礼儀正しい三ツ谷の、らしくないひどく威圧的《いあつてき》な口調だった。

「え？　あのぅ？」

「だから、ぼくが送っていきます。すみませんが、幹事の方にはあなたから帰ることを伝えてもらえますか」

『ぼくが』という部分にひどく力が入っていた気がする。

「よろしくお願いします。それじゃ、和良さん。行きましょうか」

有無を言わさない口調の三ツ谷は、今度は隣に立って体を支えてきた。

宴《えん》もたけなわの店から、郁弥は三ツ谷によって連れ出されてしまった。

「離してくれっ」

肩を抱く三ツ谷の手を振りほどこうと何度も体をひねるが、三ツ谷も意地になったみたいに強く拘束《こうそく》してくる。足元が多少おぼつかなかったことが、それ以上強気に出られなかった原因でもある。

そうして強引に連れていかれたのは、三ツ谷がステイするホテルだった。

「もういいだろ、離してくれないか」

ずっと無言《むごん》だった三ツ谷の腕からようやく力が抜けて、郁弥は近くのソファに座った。思い出したようにずきりと痛んだ頭に眉をしかめると、三ツ谷が冷蔵庫から取ったペットボトルを渡してくれる。

「こんなところじゃなく、ベッドで休んで下さい」

心配げな三ツ谷の様子は、まだ自分を好きだと言ってくれていた頃とまったく変わらない。どころか、以前の大人びた表情と違ってどこか切羽《せっぱ》詰まった顔をさらしている三ツ谷の様に、昔以上に郁弥への愛情を感じる――なんて、錯覚を生む始末だ。

けれど、郁弥は今日の飛行機脇で見た震え上がるほどの冷たい眼差しを思い出していた。先ほどの店で、親密な雰囲気を漂わせていたショートカットのキャビンアテンダントのことも。

「もう……大丈夫だから」

頭痛はひどくなる一方で、胸は切なさに塞がれて苦しい。早くこの場を逃げ出したいと立ち上がるのに。

「顔色が悪いですよ。フロントに電話して薬をもらいますから、それまでベッドで横になっていて下さい」

三ツ谷は腕を掴んでベッドへと誘導するのだ。まるで帰したくないといわんばかりの強引な態度に、郁弥は今度こそ泣きたくなった。

終わったはずの恋にしがみつきたくなるみじめな自分に歯噛みする。

「いい加減にしてくれっ、大丈夫だって言っているだろう。おれはもう帰るんだ――」

だから荒々しいしぐさで腕を払い、睨むつもりで三ツ谷を見上げたが、そこに不思議な色合いの双眸を見つけて言葉を失った。

まるで、三ツ谷こそが深く傷ついているような屈折したにび色の瞳。

気まぐれな優しさに振り回されて傷ついているのは自分の方なのに、なぜこんな胸がつきりと痛くなるような目をするのか。

郁弥は思わずふらりと三ツ谷に向きあった。と、息をつめたシンと静まり返った空間に、突然無機質な携帯のバイブ音が、郁弥の胸ポケットから響いた。

自分にメールを打ってくる人間なんて普段いないのに、タイミングがいいのか悪いのか。

けれど、それに郁弥が意識を逸らしたとき、また三ツ谷の顔が険しく歪んだ。今まで浮かべていた光をさっと消し去り、再びきつい眼差しで見つめてくる。

「……っ」

もう三ツ谷がわからない。

郁弥はきっと奥歯を噛みしめると、何もかもを振り切るように三ツ谷に背中を向けた、が、しかし。

「行かせないっ」

歩き始める前に強い力で腕を掴まれてしまった。

「ちょっ——」

引かれるままに体勢を崩し、背中から倒れこむ。倒れたところがちょうどベッドの上でほっとしたが、猛烈に怒りがわいてきた。

「何をするんだっ」

けれど、起こしかけた体を押さえつけるようにのしかかってきた影にはっと息をのむ。

「あの男のところに行くんですよね」

降ってきたのはひどく強《こわ》い三ツ谷の声だった。

「今の携帯もその男からでしょう？　あの男に泣きつくつもりですか、さっきみたいに、また」

肩を押さえる三ツ谷の腕の強さと、見下ろしてくる眼差しの不可解な迫力に圧倒され、郁弥は体をすくませる。

ただの、メールの着信を知らせるバイブ音に、なぜ三ツ谷がここまで反応を返してくるのかわからない。

「何、言って……」

声が擦れてしまったのをどう勘違いしたのか、三ツ谷が苦しげに顔を背けた。逆巻《さかま》く激情をこらえるかのように、全身が小刻みに震えている。

「付きあって、いるんですか？」

顔を伏せた三ツ谷から、地を這《は》うような低い唸《うな》り声が聞こえてきた。

「付きあうって……誰と」

気圧《けお》されて、声が喉に絡んだ。

「…っ、名前なんて知りません。あなたが飛行機のドアの前でいちゃついていた男です。和良キャプテンが結婚されるから、その代わりにあの男と付きあっているんですよね」

「そ——…」

呆然とする郁弥に、焦《じ》れたように三ツ谷が視線を合わせてくる。

「——だとしたら、なぜぼくではいけないんですか。ぼくが相手でもいいでしょう？」

郁弥を見つめてくる瞳は、縋りつくような必死さに溢れていた、が。

「ふっ、ふざけるなっ。おれを拒絶したのは君だろう。それに、すでに恋人がいる身でそのセリフはあまりに身勝手だ！」

三ツ谷の方が郁弥を拒んで離れていったくせに、今の言い方だとまるで逆のようだ。

郁弥は憤《いきどお》りで目の前が赤く染まった気がした。胸倉《むなぐら》を掴み上げたい激しさで三ツ谷を睨みつける。が、しかし、なぜか三ツ谷にきつく見つめ返されてしまった。

「――――恋人？　いません、そんなの。あなたに未練たらたらのぼくに恋人なんて作れるわけがない」

その真摯な眼差しにすっと胸の怒りが冷えていく気がする。

「そんな…、でも――」

何かおかしいと郁弥は思った。

昂っている気持ちをゆっくり深呼吸をすることでさらに静めてから口を開く。

「さっきの、花見で仲良く話していたキャビンアテンダントは恋人じゃないのか？」

慎重《しんちょう》に郁弥は言ってみた。

その質問に、三ツ谷は戸惑ったように目を瞬かせたが。

「ぼくの隣にいたのは久しぶりに会った同期ですが、話の内容なんてろくに覚えていません。ぼくはずっとあなたばかりが気になって見ていましたから」

恨《うら》めしそうに告げられた言葉に唖然とする。

どういうこと、だ？

さっきから、まるで――。

「まるでまだおれのことを好きだと言っているみたいに聞こえる」

郁弥が呟くと、くっと息をのんだあと、三ツ谷は俯く。

「あなたは……残酷だ。思いが叶わないというのにこれ以上みじめにもぼくから言葉を引き出すつもりか」

心に灯《ひ》がともる。

もしかして――。

「――聞かせてくれ」

郁弥は祈るように言ったが、三ツ谷の耳には別のように聞こえたのか、怒ったように眦をつり上げて見据えてきた。凄烈な眼差しだったが、黒い瞳はどこまでも澄んでいて、ずっと焦《こ》がれていたそれを郁弥も見つめ返す。

「あなたが好きです。もうずっと、五年も片思いしていたんです。そう簡単に諦められるわけがないでしょう」

「でも、君はおれを諦めると言って、離れていったじゃないか」

「好きで――好きで好きでたまらないから、あなたの中にいる和良キャプテンの存在の大きさに打ちのめされてしまった。どこまであなたを好きになっても、あなたとどれだけ会っても、あなたはあまりにも遠くて」

「そんな——」

三ツ谷にそんなふうに思わせてしまうほど、自分は彼に気持ちのひとつも返せていなかったのかと、郁弥はひどい自責の念にかられる。

「それに、セスナ機の事故があったあの日。あなたと和良キャプテンとの確かな絆《きずな》を知ってしまったぼくには、自分が二人の間を分かつ邪魔な存在にしか見えなかったんです」

ぎょっと郁弥が顔を上げると、三ツ谷は自らを嘲《あざけ》るように唇を歪めたところだった。

「でも、本当はそれだけじゃなかった。そんな、きれいごとばかりではなくて——……」

言い辛いのか、何度も唇を湿《しめ》らせてからようやく口を開く。

「あの日、ぼくは気付いたんです。和良キャプテンへの恋心でいっぱいのあなたを、それでも自分のものにしたいと思う傲慢《ごうまん》な気持ちが自分の中に眠っていたことを。キャプテンの無事に涙していたあなたを、きつく——抱きつぶしてしまいたいと思ってしまった自分に。あなたが欲しくて、苦しくて、あの夜はろくに眠れませんでした。だからこのままじゃいけないと——このままではこの先いつか、あなたを欲望のまま傷つけてしまいそうだったから……」

血を吐くようなとはこんなふうなのかと、郁弥は苦しげに言葉を紡《つむ》ぐ三ツ谷を見て思った。

けれど苦悩の表情をさらす三ツ谷とは反対に、郁弥の心は少しずつ晴れていく。

「でも……会わないことがそれ以上につらいことだとは思ってもいなかった。苦しんだあの夜が、それでも幸せに思えてくるほど」

「――だから、今日の花見には来たんだ？」

郁弥はそっと手を伸ばして三ツ谷の髪を撫でる。はっと一瞬体を揺らしたあと、三ツ谷は許しを請《こ》うように郁弥の肩に額を押しつけてきた。

「目の前で、和良さんが他の男と仲良くしているのを見て胸が焼けるかと思いました。キャプテンの結婚話に傷ついて自棄《やけ》になっているのかって。だったらその相手はぼくでもいいのではないかと身勝手な怒りがわき上がってきたんです。その接点がもてるのを期待して自分からキャプテン達を誘いました」

飛行機を降りたところで西と一緒にいた郁弥を睨みつけてきたのも嫉妬のせいだといわんばかりの言葉だった。

郁弥は信じられない思いで三ツ谷を見る。いつだって紳士然としていた三ツ谷の本当の姿を、今目前《もくぜん》に見ている気がした。

こんなにも不器用で情熱的な男だったのかと愛しくもなる。

「それでも、本当はもっと穏やかに和良さんと話をする機会を作れたらと思っていたんです。でもいざあなたを前にすると、やはり自分が抑えられなくて……」

最後は声になっていなかった。

三ツ谷の狂おしいまでの思いが切々と伝わってきて、郁弥まで苦しくなる。

「三ツ谷くん、もう……」

たまらなくなって、郁弥は三ツ谷の自らを貶《おとし》めるような告白を止めさせようと口を開きかけたが、何を言われると思ったのか、三ツ谷はぱっと顔を上げると必死の形相《ぎょうそう》で見下ろしてくる。

「ムリだとわかっています。あなたがキャプテンを好きだって、わかっているんです。自分の身勝手な衝動であなたをこんなふうに押し倒したりして、もうその資格はなくなったのかもしれませんが、それでも願いたい――あなたを好きだという思いだけは、ぼくから取り上げないで下さい」

落ち着いていて、自分より年上みたいな表情ばかりを見てきたが。考えてみれば、初めてコックピットで会ったときの三ツ谷は、真っ直ぐ情熱的に感情をぶつけてきていた。郁弥が三ツ谷の誘いを断っても、きかん気の少年のように食らいついてきたのを思い出す。

そんな三ツ谷の表情が微妙に変わったといぶかしく思ったのは――…そうだ、秀也に会いに行った帰り、ホテルへ歩く道すがら秀也への思いを知られたあとだ。

三ツ谷の愛情は静かで優しいものだとずっと思っていたが、三ツ谷は郁弥の思いを知ったからこそ、ことさら穏やかに接してくれていたのかもしれない。本当はこんなにも激しい気持ちを胸に抱いていたのに、必死に郁弥のために押し殺してくれていたのではないか。

「……同じ気持ちだよ。おれも三ツ谷くんに会えなくて、とても苦しかったんだ」

「え」

「さっきも、隣に座っていたキャビンアテンダントが新しい君の恋人なんだと思ったら、悲しくてたまらなかった。だから涙が出たんだ」

「和良さん？」

三ツ谷が呆然と体を起こす。

「でも一番つらかったのは、君がおれのことを諦めると離れていったとき。もう、死んでしまうかと思った」

けれどセリフとは裏腹《うらはら》に、郁弥はそれを微笑みながら言った。

信じられないと目を大きく見開いて、三ツ谷が手を伸ばしてくる。郁弥はその手をぎゅっと握った。三ツ谷の正面に座り直して。

「それって………」

「いつ頃からか、会うと嬉しいと思ったし、君からのメールが待ち遠しくなった。秀也兄さんの事件があって、あんなふうに三ツ谷くんが傍にいて支えてくれたとき、強く――好きだと思ったんだ」

思いを告げるときだけ、どうしても三ツ谷の目が見られなくて、郁弥は視線を落とす。

「だとしたら……」

けれどそんな郁弥の逃げを許さないとばかりに、三ツ谷が握りあった手に力をこめて注意を引いた。顔を上げると、澄んだ黒い瞳が強く郁弥を捉《とら》える。

「だとしたら、どうしてもっと早く――……いえ、そうか。あの次の日にぼくがもう会わないと言ったのでしたね。言う暇もなかったのか。……すみません、責めるようなことを言ってしまって」

深く頭を下げる三ツ谷に郁弥もさらに言葉を継いだ。

「違うよ、謝《あやま》るのはおれの方。おれは君に甘えすぎていたんだ。君が好きだと言ってくれるのを、君が優しくしてくれるのをいつしか当たり前のことのように思っていた。それがどんなに貴重で大切なものなのか――バカだった、失くして初めて気付くなんて」

「いいえっ」

三ツ谷が否定してくれて、郁弥はふっと笑みがこぼれた。

「間に合ってよかった。君がまだおれのことを諦めないでいてくれてよかった……」

「和良さん」

郁弥の笑みが伝染したみたいにふわりと微笑んだ三ツ谷が、郁弥の目を覗き込んでくる。

「あなたが好きです」

照れもない口調で囁《ささや》かれて返事に困る。けれど――。

「うん、おれも……好きだよ」

自分でも不思議なくらい真剣な思いのこもった言葉が自然に言えた。

「信じられない、すごく嬉しい」

夢見るように、握りあっていた指を解《ほど》いて三ツ谷がそっと両腕で抱きしめてくる。

郁弥の方こそ、今さらながらにこの幸福がまったくの奇跡のようで体が震えてくる。ほんの半時前まで、諦め、絶望していた恋なのだ。

「あんなすごいキャプテンに敵うわけがないと思っていたのに」

「そんなことないよ。三ツ谷くんだっておれには大切な存在なんだ。誰とも替えられない大切な——」

溢れる思いを伝えたいと口を開くと、三ツ谷が愛しいというように頬を郁弥のこめかみにすり寄せてくる。

「和良さん、好きだ」

低く囁くと、三ツ谷は顔を落としてきた。

近付いてくる澄み切った黒瞳はひどく優しげで、胸が震えるほど甘やかだった。

「……っ……」

そっと、唇に触れる程度のキスを数度繰り返してから、今度は唇の柔らかさを確かめるように、三ツ谷が自らのそれを押し付けてくる。

濡れた熱い感触とひしゃげた自分の唇のさまに、郁弥は背中がぞくりとした。

「う、んぅ——」

知らず喉が鳴る。

自分のその声がひどく淫靡《いんび》で、郁弥は慌てて体を離した。

「えっと、そういうことだから。今日はもう遅いし……また今度ゆっくり会おう」

「嫌です」

間髪《かんはつ》いれずに拒否した三ツ谷は、逃がさないとばかりに郁弥の腕を摑んでさらにぎょっとするセリフを口にする。

「せっかく思いが通じあったのに、もう帰るんですか？　今夜はずっと傍にいたいです」

「ええっ！　いや、だって君はほら、明日はフライトだろ？」

「ショウアップは昼前です」

「いや、でも――」

「嫌、ですか？」

じっと熱のこもった瞳ですぐ間近から見下ろされ、郁弥は耳まで熱くなる。

降参せざるをえなかった。

「嫌なわけ、ないよ。でも――おれは初めてだから」

「え、人と肌を合わせるのは初めてなんですか？」

「いや、だから女性とは…あるけど」

「なんだ」

ひどくがっかりした響きにむっとして顔を上げると、目を合わせてきた三ツ谷ににこりと微笑まれる。

「じゃあお互い様です。ぼくも初めてですから」

その緊張してもいなさそうな穏やかな表情を見ると、とてもお互い様というものではない気がする。いや、男相手はたとえ初めてでも他は場数が違うというか。

恨めしくて唇を嚙むが、その嚙んだところをそっと解くように三ツ谷の親指がなぞってくる。下唇の薄皮一枚の上を、三ツ谷の指はゆっくり往復したかと思うと、それは口の中にも侵入した。

「ん」

無意識に拒《こば》もうとした歯牙《しが》を割って入ってくる親指の強引さに、郁弥はしばし陶然となる。知らないうちに、舌を伸ばして三ツ谷の指を迎え入れていた。

「和良さん………」

濡れた舌先で男らしい指の感触を確かめていると、三ツ谷がたまらないとばかりに名を呼んで、その自分の親指ごとを含むように唇に覆いかぶさってきた。

「…っ」

唇から指が引き抜かれ、代わりに三ツ谷の舌が口内に忍び込んでくる。郁弥の舌を見つけるとすぐにきつく絡めてきた。

逃げを打つ郁弥のうなじに三ツ谷の手が回り固定されると、あとはなされるがまま、三ツ谷のキスに翻弄《ほんろう》された。首を深く傾けて、郁弥の吐息までも貪《むさぼ》る口づけは、三ツ谷の思いの深さを知らしめすように濃厚で執拗《しつよう》だった。

「ふぅ……っん、んっ」

これほど求められていたのかと嬉しくなる一方で、あまりの激しさに怖くもなる。

穏やかで優しい三ツ谷のどこにこれほど猛々《たけだけ》しい面があったのか。

わずかな瞬間さえも惜しいとばかりに、息を継ぐために首をそらした郁弥を、三ツ谷の唇は追いかけてくる。

「はっ、待――」

苦しげな郁弥の声が届いたのか、三ツ谷の今度のキスは深いものではなかったが、郁弥の唇をやわく嚙んでくる愛撫《あいぶ》は、なぜだかそれまで以上に腰にきた。

「ん…っ、う――ん、ふ…」

背中に回されていた手がセーターの裾《すそ》から潜《もぐ》ってきて、郁弥の素肌を滑る。そのまま潜りこませた腕で中から押し上げるように、郁弥はいつの間にかセーターを脱がされていた。

「や……っぅ」

首筋に嚙みつくように歯を立てられて首をすくめる。が。今度は宥めるように舌で歯形を舐《な》められて、長いため息がもれた。

指は胸の辺りをさまよっていたかと思うと、尖った突起に絡みついた。指先で挟み、押しつぶしては擦《こす》り上げる。

「ぁ、は…ぁ……っ、くぅ――…んっ」

強い刺激に郁弥はいつの間にかすっかり三ツ谷に体を預けていた。体中から力という力が抜けきっていた。

「郁弥と、呼んでもいいですか？」

そっとベッドに寝かせた郁弥を三ツ谷が見下ろしてくる。それに小さく頷くと、噛みしめるように三ツ谷が名を呼んだ。

「郁弥……」

その声の甘さに郁弥は胸が震えた。

幸せで、たまらなく瞳が潤んでしまう。

「うっわ、その顔…ヤバイ……」

覆いかぶさってきた三ツ谷が何とも苦しげに呟いた。

「ダメですからね？　絶対、ぼく以外にそんな顔を見せないで下さいね？」

郁弥の顔の脇に、囲うように三ツ谷は両肘をつくと、そんなことを言ってから鼻の先にキスをしてくる。

「郁弥さん、郁弥、郁弥……」

もう一度鼻の頭に、そして両の瞼に、額に、こめかみに――。

名前を呼ぶごとにキスは場所を変えていく。

「ん、んっ…はぁ」

優しいキスは耳の辺りまでくると噛む動きを加えた。きりきりと耳たぶに硬い歯が食い込んでくる甘い痛みに足先まで何度も鳥肌が走った。

「待っ…いや、だ。ダメ――」

自分がそこが弱いことを初めて知る。

耳朶《じだ》を口に含まれ、熱い唇で咀嚼《そしゃく》されると悲鳴を上げたくなる。

「可愛い、耳が弱いんだ？」

微《かす》かに擦れた三ツ谷のセリフは、耳孔《じこう》に直接囁かれる。

「あ――…」

言葉の意味より、欲情に濡れた低い声で鼓膜《こまく》を震わせられる行為に、下肢《かし》が蕩《とろ》けた。

「すごい、ここだけでイキそうだ」

愛撫を受けているのは郁弥だけなのに、なぜか三ツ谷の体も発熱していた。その熱い体を郁弥に押し付けてくる。

「やっ、ぅん…」

「どうしよう、郁弥さんを見ているだけでぼくもすごくキちゃって――まずい」

余裕がないのは自分だけと思っていたのが間違いと知り、息を荒げながらも唇に笑みが浮かぶ。

「でも――そんな君が、おれは好きだよ」

思わずそう口にしていた。

びくりと郁弥の上で全身を震わせた三ツ谷だが、すぐに体の全ての重みを郁弥に委《ゆだ》ねてくる。

「あー、やばい、幸せすぎて死にそう……」

ほとほと困ったといった響きに聞こえた。

「ん？　何？」

問いながらも、自らの体がベッドに沈み込むような、そのみっしりとした三ツ谷の重さと熱い体温に、郁弥は幸せな気持ちになって目を閉じる。

「――ぼくも好きですって言ったんです、愛しています」

郁弥の肌の上で誓うように三ツ谷も言葉を紡いでから、ゆっくり体を起こした。

「だから、頑張らなくちゃですね」

悪戯っぽく目を輝かせる三ツ谷はシャツを脱ぎジーンズを緩めると、郁弥の下肢に手を伸ばしてくる。

「三ツ谷く…ん」

あらわになった三ツ谷の肌から目を逸らしたが、その間に三ツ谷の手は郁弥のジーンズにかかっており、下着の中に潜るとすぐに目的のモノにたどり着いてしまった。

「は——っ」

大きな手に握られると、郁弥は羞恥《しゅうち》で耳まで赤くなる。そんな郁弥の赤面ぶりを見てどう思ったのか、三ツ谷は緩く微笑んで体を起こすと視線を下ろしていく。

「三ツ…谷———？」

「何か、今のキタなぁ……。もっと恥ずかしがらせたくなる」

「…っ」

とんでもないことを口にした三ツ谷は、すぐにそれを実行した。郁弥の股間《こかん》に顔を埋め、欲望を咥《くわ》えたのだ。

「あ、——っ…」

襲ってきた衝撃に息をのむ。

「ひ、ぅんっ……や、三ツ谷…ん」

突き抜ける快感と羞恥どころじゃない激情に泣きそうになった。両腕で顔を覆い、唇を噛みしめて必死に何もかもをこらえる。

けれど、そんな郁弥が気に入らないとばかりに、三ツ谷の口淫《こういん》は激しさを増した。

「やめ…、三ツ谷、ぃや…だ——」

「イヤじゃないですよね？　郁弥さんは嘘《うそ》つきです」

それを知らしめすためにか、昂った郁弥の先端が軽く弾かれた。

「ぁ――――っ…」

悲鳴をこらえ切れなかった郁弥に少しだけ機嫌を直したのか、三ツ谷は小さく笑うと郁弥の腿《もも》に食らいつく。印をつけるかのように場所を変えて何度か吸い付いたかと思うと、もう一度郁弥の欲望の先端に口付けた。

「み、三ツ谷くんっ」

「それもちょっと気に食わないんですけど。ぼくのことも名前で呼んで下さい」

「でもっ」

これ以上恥ずかしいことはできないと泣きたい思いで見上げると、三ツ谷は獣《けもの》のように目を光らせた。

「まずいなぁ、郁弥さんがあんまり可愛いからいじめたくてたまらなくなる」

ぺろりと舌なめずりをする三ツ谷はゾクゾクするほど雄《おす》の匂いがして、思わず後ずさりたくなる。けれど三ツ谷が逃がすはずもなく、獲物にかぶりついた。

「う……っん、んっ」

再び郁弥のモノを口に含んだ三ツ谷だが、今にも弾けそうな欲望の根元はきつく縛《いまし》めている。

「三…ツ谷…んっ、やめろ……っぁ」

「名前、呼んで下さい」

昂ってまともに言葉にならない郁弥なのに、三ツ谷の声は穏やかだ。

「うっ…んゃ――っく」

けれど足元から見上げてくる瞳は狂おしいほどの欲情に濡れていた。

「ぁ……」

痛みとして感じるほど高まった快感が捌《は》け口を塞がれて郁弥の体内で暴れる。

「郁弥、呼んで――」

行為は執拗を極めているのに言葉はひどく優しい。

郁弥はとうとう喘《あえ》ぐように言った。

「圭吾………」

と。

「う、わっ」

郁弥の股間辺りにいた三ツ谷がとっさの激情をこらえるように体を硬くしている。

「圭、吾？」

「……危なかった。調子こいている場合じゃないな。すみません、いじめすぎましたね」

低く呟いたかと思うと、それまでのどこか楽しむような愛撫とは打って変わって、的確に弱点ばかりを狙った動きになる。

追い立てられて責められて――――。

「いいですよ、イッて下さい」

「あ、く……っ」

指を緩められると郁弥は一気に高みへ上りつめ、三ツ谷の手に欲望を吐き出した。

激しく胸を上下させる郁弥だったが、緩々と力を抜くタイミングを見計らったように、三ツ谷が腰を進めてくる。

「圭吾？」

「郁弥さんが欲しいんです。少し我慢できますか？」

不安げに声を上げた郁弥を安心させるためにか、立てさせられた膝頭《ひざがしら》にキスを落として三ツ谷が言った。郁弥が何とか頷くと、奥の狭間《はざま》に指を伸ばしてくる。

「ひっ…」

郁弥が吐き出した欲望を潤滑油に使うつもりのようで、郁弥に一言断ると、ゆっくりと、けれど執拗にほぐしてくる。

「うっく、ぁ……圭、吾。ふぅ…んっ」

体を強ばらせる郁弥を宥めるように、何度も何度も優しいキスを肌の上に降らせる三ツ谷だが、その余裕もそう長くはもたなかった。

「郁弥さん、いいですか？」

けれど三ツ谷が弱音を吐くように先を促してきたとき、郁弥もたまらず泣きつく一歩手前だった。三ツ谷の硬い熱が後孔に押し付けられ、期待と不安でぶるりと震えが走る。

「ぅ……ん――っ」

十分にほぐされたはずの内壁をさらに押し開くように入ってくる三ツ谷の熱に、郁弥はいつしか息をつめていた。

「郁弥さん、ぼくを…受け入れて下さい」

痛みと苦しさに眉をしかめている三ツ谷だが、決して自分の快楽のみを追い求めることはせずに、郁弥が体の力を緩めるのを辛抱強く待ち続けている。

その三ツ谷の優しさと強さに、郁弥は懸命に息を深くして体の力を抜く努力をした。

「ん、ぅ…っく」

ゆっくりと三ツ谷が入ってくる。

「ぁ、ぃ…深――っ」

三ツ谷の進入が止まらなくて、怖くて思わず体を浮かせたとき。

「大丈夫、もう全部入りましたから」

声が降ってきて、緩々と息を吐く。

郁弥の体と気持ちが落ち着くのをしばらく待ってくれていた三ツ谷だが、それでも何度か苦しげに息をつめていた。

挿入の衝撃が薄れる頃には、郁弥は違う感覚に見舞われていた。ぞわぞわと鳥肌が立つような微少な電流が肌の一枚下を駆け上がってくる。

「圭――…っ、動…いて」

それが怖くて先を促すと、言葉を待っていたらしい三ツ谷がゆっくり腰を動かし始める。

「すご…ぃ」

三ツ谷が顎をのけぞらせて呻く。

「っく、ん、んっ」

苦しいと思った。けれど同時にその苦しささえもひどく愛おしくて郁弥は三ツ谷の首に縋りつく。

三ツ谷の与えてくれる熱も、苦しみも、昨日までは決して得られないと思っていたものばかりで、郁弥にはそれさえも快楽の材料になる。

「郁弥さん、少し緩めて――」

髪の生え際をなぞる三ツ谷の唇に告げられたが、郁弥は自分の体をコントロールできない。

それに気付いていてくれたのか、もたげ始めていた郁弥の熱に三ツ谷は手を添える。

「あっ、ぃぁ――…」

熱い手のひらでゆっくりと揉《も》みしだかれると腰が砕けた。

「ひっ…ぅん」

そこをひときわ強く突き上げられ背中がそり返る。

「すごい、絡め取られる…」

いつしか──凶器に近い熱に粘膜を押し開かれているのか、粘膜が逆にそれに絡みついているのか、わからなくなっていた。

「はぁ…ん、あ、ぁっん……」

こぼれ落ちる声も吐息も熱くて甘い。

それに煽られたように、三ツ谷の抽挿《ちゅうそう》も速くなっていく。

「あぁっ、や……ぅ──っん」

先ほど走った微細な電流とは比べものにならない衝撃に、郁弥は悲鳴を上げた。三ツ谷が体を突き上げるたびに、感電するみたいに全身が痺《しび》れる。

「郁弥、郁弥さんっ」

三ツ谷にもその痺れが伝わるのか、先ほどとは違う苦痛の表情を浮かべている。感じすぎるのが苦しい──そう言っているみたいな。

「んっぁ、は……、もうダメ──っ」

郁弥は三ツ谷の腕に取りすがって終わりを懇願《こんがん》する。

これ以上続けられたら狂うのではと思ったとき、郁弥のポイントをつく角度を計算したように三ツ谷がきつく押し入ってきた。

「あぁっ、んっ────…」

声に、ならなかった。

「は…っ、郁弥っ」

名を呼ばれたとき、三ツ谷の欲望も弾けたのを知った。


「郁弥さん」

エンジンを覗き込んでいた郁弥が振り返ると、極上《ごくじょう》の笑みを浮かべた三ツ谷が立っていた。

つい数時間前に思いを交わしたホテルで別れたばかりの三ツ谷だが、制服を身につけたその姿は、すでにきりりと凛々しいパイロットの風貌を身につけている。

思わず見とれてしまった郁弥だが、三ツ谷が恥ずかしげに目を伏せてからようやくそれに気付いた。

「ごめん……」

郁弥は慌てて仕事を再開する。三ツ谷も隣に並んで出発前の目視点検を始めたようだ。

「郁弥さんてすごくモテるんですね。さっき事務所で、郁弥さんを攫って帰ったって、昨夜のことについてブーイングを受けてきましたよ」

「え？　何だよ、それ」

「ライバルが多いなぁってヒヤリとしました。もちろん譲るつもりはこれっぽっちもないですけどね」

「な、何を言ってるんだ。仕事だろ仕事！」

郁弥が赤い顔で睨んでみせると、三ツ谷は肩をゆすって笑う。そのまま歩き出そうとした三ツ谷だが、ふと思い出したように振り返った。

「何？」

「顔にオイルが――」

じっと見つめられて郁弥は思わず身構えてしまうが、三ツ谷が口にしたのはそんなことだった。慌てて軍手を外した郁弥は、両手で顔を触る。

「えっと、どこ？」

オイル汚れなど整備士の郁弥にはそう珍しくもないのに、三ツ谷にそんな顔を見られるとなると急に恥ずかしくなるから不思議だ。

「違いますよ、ここ――」

すっと一歩近付いた三ツ谷が顔を覗き込む。

「…っ」

けれど、三ツ谷は汚れを拭うわけではなく、郁弥から掠《かす》めるようなキスを奪うとにこりと笑ってみせた。

「ばかっ」

焦《あせ》った郁弥は周囲を見回すが、大きなエンジンの陰になっていたせいか、誰も気付いていないようでほっとする。三ツ谷はというと、神妙な顔を作りながらも、口元が嬉しげに歪んでいるのを隠せていない。

「すみません。行ってきますのキスをホテルでし忘れたなって、悔しく思ったものですから」

「だからって、こんなところで……」

感情を押し殺すことなくそのままに伝えてくる三ツ谷に、郁弥は昨夜からタジタジだ。せめて場所は考えて欲しいとしかめっ面を作ってみせたが、三ツ谷はそんな郁弥さえ愛しいと目を細めるから手に負えない。

照れる郁弥をひとしきり眺めてから、三ツ谷はようやく視線を逸らしてくれた。

「嬉しくてはしゃいでしまいました、許して下さいね。でも、郁弥さんの整備した機体だと思うと、今日は操縦桿《そうじゅうかん》を握ることさえ愛しく感じるのでしょうね」

機体に優しげに触れながら言った三ツ谷のセリフに、郁弥はもう何も言えず、足早にその場を立ち去る。が、三ツ谷には赤く染まった首筋を見られてしまっただろう。

けれど郁弥も同時に、昨日の最終便のコックピットで見た三ツ谷の仕事ぶりを思い出していた。あの時の感極まった仕事への思いを、三ツ谷への愛しさを――。

思いが通じあって本当に良かった。

郁弥は機体を完璧に仕上げて三ツ谷に渡すべく、春風の中へ歩き出すのだった。

アフターフライトで愛を誓って

窓の外に見える、見知った大柄《おおがら》な男の姿に郁弥《いくや》は苦笑いした。目があったとたん、男が満面の笑みを浮かべてぶんぶんと子供のように手を振ってきたからである。

機内では非常用設備のビデオ案内が流れていたが、郁弥が乗った飛行機は今まさにゆっくり自走し始めたばかりだ。

飛行機を到着させ出発させるためには様々な職種の人間が色んな作業を行うが、それを調整するのがランプコーディネーターという仕事である。飛行機がグランドスタッフの手を離れるぎりぎりまで傍《そば》にいるため、ターミナル沖で整備士達と一緒に見送りに立つのだが、今日その係について、さっき郁弥個人に手を振ってきたのは西《にし》という男だ。

自らも飛行機に携わるフライトエンジニアである郁弥の、ベースキャンプともいうべきこの奈多《なた》空港で親しくしているスタッフの一人だが、時にその人懐《ひとなつ》っこい性格は困った事態を引き起こしたりもする。

つい先日も——。

『だから、スロポジセンサー辺りが問題だと思うんですよー』

明るく張り上げるような声は、耳に受話器を当てなくても聞こえるほどだった。郁弥の休日に電話してきた西は、ドライブの途中で車の調子が悪くなったと助けを求めてきたのだ。

機械いじりが好きな西は、廃棄《はいき》寸前のレトロカーを修理しながら乗るのが趣味という変わったところがある。同じくマシンオタクの気《け》のある郁弥を同志だと慕《した》い、日頃から何かと相談をもちかけたり、こうして休日に連絡を入れてくるのも珍しいことではなかったけれど、今日だけはどうしても行くことはできなかった。いや、郁弥自身がどこにも出かけたくないのだ。だって……。

顔を上げ、郁弥は離れたリビングのソファにかけられた自分のものではないシャツを見やる。

『天気がいいからって、ちょっと調子に乗ったのがまずかったかなーって』

能天気な声は変わらず受話器から聞こえてきていたが、郁弥は背中に感じる痛いほどの視線が気になって仕方なかった。ひやりとする思いで背後《はいご》を窺《うかが》うと、長身をベッドに横たえる恋人——三ツ谷圭吾《みつたにけいご》が不満げな顔で見つめていた。

さらりとした黒髪に、いつだって真《ま》っ直《す》ぐ見つめてくる澄んだ黒い瞳が印象的な、まさに温《おん》雅《が》といえる風貌《ふうぼう》の圭吾は、東京に住まいを構えて日本中を飛び回るパイロットだ。

地方空港である奈多で航空整備士をしている郁弥とはいわば遠距離恋愛をしているようなものだが、仕事の特性上それぞれの休みが不規則という障害もあって、今日は半月ぶりといってもいい逢瀬《おうせ》。出かけたくないと郁弥が思うのも当たり前だろう。

ついさっきまで甘いキスを繰り返していた二人だが、実はこの手のことにあまり慣れていない郁弥としては、まだ明るい日中に恋人とイチャイチャするなんて初めてで、非常に照れてしまった。恥ずかしくて、思わずかかってきた電話に逃げ出したのだ、が。

『他は俺がいじったところ——』

圭吾の視線を捉《とら》えてしまうと、郁弥はとたんに電話の声が遠くなっていく気がした。涼やかな切れ長の瞳に今は少しきつい光を浮かべていたが、それがベッドの中で見せる猛々《たけだけ》しい圭吾を彷彿《ほうふつ》とさせ、背筋に甘い震えが走った。

ドライブ途中で車が止まった西は可哀想《かわいそう》だと思うが、愛《いと》しい圭吾との時間は譲れない。だから助けには行けないと最初に断りを入れたのに、マイペースな西には郁弥の否《いな》やの返答はあまり通じていないようだった。

『俺なら平気ですよー。和良《わら》さんの用事が終わるのを待ってますから。すぅぐ近くにファミレスもあるし、メシ食って待ってますー。だからー、よろしく頼みますね』

そのまま電話を切られそうになって、郁弥は慌てて圭吾から意識を戻した。

「いや、ちょっと待って。だからね、西くん。おれは今日はムリなんだって――」

何度目になるのか、もう一度断りの言葉を口にしかけたときだ。

「あっ……」

手に持っていた携帯電話を背後から取り上げられていた。

「どんなに待っても和良さんは行きませんよ。業者でも呼んで下さい。和良さんは行きません、おれが行かせませんから」

圭吾が送話口に向かって言うと通話を切ってしまった。あげくには勝手にマナーモードに設定され、ベッドの端へと放り投げられる。

「え…っと、圭吾――…？」

乱暴な圭吾のしぐさに振り返った郁弥は、その顔を見てぎくりとした。

「ずいぶんなれなれしい男ですね。西って、もしかして以前花見で会ったこともあるあの男ですか？　郁弥さんとベタベタしていた？」

むっと不機嫌そうに見つめてくる圭吾の瞳に嫉妬《しっと》の炎が見えたからだ。

「ベタベタだなんて……」

「してましたよ。あれからも、相変わらず仲良くしているみたいですね。ぼくとのキスをやめてまで電話に出るほど」

「そっ、それは、だから――」

「しかも、ずいぶん楽しそうでした……」

すっかり拗《す》ねた恋人の口調《くちょう》に、郁弥は焦《あせ》りながらも口元が緩《ゆる》みそうになって困った。

嫉妬されるのが嬉しいなんて、おかしいだろうか……。

「――ごめん、電話には出るべきじゃなかった。おれが間違っていたよ。少し、恥ずかしかっただけなんだ、まだ日も高いうちから…その、だっ…抱きあうなんて今までなかったから」

けれどそんな思いとは別に自分のやったことがまずいことだと自覚していたから正直に謝《あやま》ると、ようやく少しだけ圭吾の表情も和《やわ》らいだ。しかし、いぜん怒ったような機嫌を損《そこ》ねた顔で郁弥に近付いてくる。

「許しません。ぼくとのキスを中断した覚悟はできてますか」

圭吾の瞳に、今は嫉妬の炎とは別にもうひとつ——郁弥を甘く挑発《ちょうはつ》する光が浮かんでいた。

「あ……」

柔和《にゅうわ》な雰囲気をもつ圭吾はいつだって優しいが、それでもベッドの中でだけは少しサディスティックな顔を見せるのを、郁弥は身をもって知っていた。郁弥をぎりぎりまで追い詰め、それでもまだ追い立ててくるようなところがある。

「今日はベッドから一歩も出しませんから」

物騒《ぶっそう》な言葉と共に長い腕が伸びてきて、あっという間に抱きしめられた。そのまま背後のベッドに倒れこむように寝かせられ、郁弥は圭吾の顔を見上げることになった。

見下ろしてくる圭吾は、まだ眦《まなじり》の辺りに嫉妬の名残《なごり》が残っていた。けれど、そんな表情も圭吾がしていると極上《ごくじょう》のスパイスのような男の色気に見えるからうっとりしてしまう。

その、郁弥を惑《まど》わす顔が近付いてきた。

「んっ…」

深いキスを仕掛けながら、圭吾の手が耳朶《じだ》を愛撫《あいぶ》するように優しくいじる。ふわふわと体が浮き上がるような気持ちよさに、郁弥の体からあっという間に力が抜けていく。

「ん……っん」

圭吾のキスはいつもセックスそのもののように濃厚だが、今日は特にその色が濃い。さっきの眼差《まなざ》しのような嫉妬の激しさがそのまま反映されたようなキスだ。

「うん、やっ……っふ」

瞬《また》く間に下肢《かし》が反応してしまい、郁弥はぎこちなく体を動かす。圭吾もそれに気付いたのか、すぐにジーンズに手をかけてきた。下着まで脱がしてしまうと、自分も裸になって覆《おお》いかぶさってくる。

「ぁ…の、カーテンを引いて欲しいんだけど……」

春もとうに過ぎ、もう初夏といってもいい季節。日差しが眩《まぶ》しく、それゆえに圭吾の表情もよく見える。ということは、自分のあられもない姿や表情も見られているということだ。それが恥ずかしくてさっきは逃げてしまった。もちろん、郁弥だって圭吾に抱かれたくないわけではない。ただ、本当に恥ずかしいだけだ。

だから、何とかもう少し暗くできないかと言ってみたが、

「冗談《じょうだん》でしょう、郁弥さんが恥ずかしがる姿を堪能《たんのう》できるいい機会だっていうのに。ぼくがそれを逃《のが》すわけがない」

可愛《かわい》くて可愛くて壊してしまいたいというような物騒な微笑《ほほえ》みを浮かべて郁弥を見下ろしてくる。

「…ぁ、んっ」

そんなサディスティックな表情のまま、郁弥の胸の尖《とが》りに熱いキスを落としてきた。

女性のようにふくらみも伴わないそこにキスをされて、最初のうちは戸惑ったけれど、男でもそこは性感帯だと知らされたのは圭吾の執拗《しつよう》な愛撫によってだ。

唇で、舌先で、小さな突起がしこりに成長するまで吸われては揉《も》み転がされ、今では唇の先が触れただけでジンと体中が痺《しび》れるようになってしまった。恥ずかしい声がもれてしまう。

「なんて甘い――…」

圭吾のその声こそ甘く、体にジュンと染みこんでいくようだ。

下肢が昂《たかぶ》りかけているのが見えているだろうに、圭吾はそこには決して触れてくれない。執拗に胸の尖りだけを弄《いじく》り回す。

「ん、っん、ぁ…んっ」

ようやく圭吾が次の動きに移ってくれたのは、郁弥の熱が雫《しずく》をこぼし始めてからだ。ゆっくりとキスマークを刻みながら郁弥の体を下がっていく。

けれど、痛いほどの甘い疼《うず》きにすすり泣きをもらしても、圭吾は肝心な郁弥の熱にはまたしても触れてくれなかった。どころか、郁弥が達してしまわないように微妙な加減で愛撫を施しているように思える。

「んぁっ、圭ぃ…っ吾、ぁ、ぁあっ……も…ぅ」

「触《さわ》って欲しいですか。ぼくが触ったらすぐにでもいってしまうでしょうに。こんな明るいなかで、いく瞬間をぼくに見せてもいいんですね？」

その言葉に郁弥は泣きそうになって唇を噛《か》みしめる。

涙で潤んだ瞳で見上げると、圭吾がごくりと喉《のど》を鳴らした。

「くそっ」

瞬間、圭吾が郁弥の熱にむしゃぶりついてくる。

「っひ——……」

蕩《とろ》けるような熱い粘膜《ねんまく》に包まれて、一瞬いってしまうかと思った。ちかちかと、目の前で光が瞬く。

けれど達せないように圭吾が、その指できつく熱を拘束していた。

「そんな顔をして、ぼくの限界を試すつもりですか。ぼくがあなたにメロメロだって知っていて翻弄《ほんろう》してるんでしょう」

あからさまな水音を立てて、圭吾が昂りを煽《あお》りたてる。

「今日は郁弥さんをめちゃくちゃに感じさせるつもりだったのに」

唸《うな》るような低音にも、もう何の言葉も返せなかった。

圭吾の口淫《こういん》にぎりぎりまで追い上げられていた。痛みを感じるほどの快感と蕩けそうなほどの苦痛がない交ぜとなって、郁弥はただただ悲鳴を上げるだけだ。

「そんな顔を、ぼく以外には絶対見せないで下さいね。その顔はぼくだけのものだ」

圭吾の愛撫が激しさを増し、声も出せないほど高められたとき、ようやく拘束が外れた。

「――……っ」

喉をのけぞらせ、郁弥は圭吾の口の中に熱を吐《は》き出していた。

そして、郁弥の呼吸が整う前に圭吾はさらにその奥へと手を伸ばして――――。

「あ………………」

聞き覚えのあるホーンが聞こえてきて、郁弥ははっと物思いから覚《さ》める。三回立て続けに鳴らされたそれが、離陸の合図である機内ホーンだとようやく気付いた。

そうだ、今は飛行機に乗っていたのだ。

こんな公共の場で、しかも昼間から自分は何を思い出しているんだ……。

恥ずかしさに頬《ほお》を熱くした郁弥だが、正面から視線を感じてぎょっと顔を上げた。

「――お、疲れさまです」

いつの間にか目の前にキャビンアテンダントが座っていたのだ。

郁弥のように社員が自社の飛行機を利用する際、緊急時には保安人員としての役割も果たすため、この非常口付近のシートに座るのが原則となっている。

キャビンアテンダントと向かいあって座るため足元のスペースが広く、乗り慣れた一部のビジネスマンには人気だと聞いたことはあるが、通常では満席にでもならない限り一般の客には提供されることの少ないプライオリティの低い席である。

整備士であるためキャビンアテンダント達に顔を知られており、なぜか話しかけられることも多い郁弥としては苦手な席だったが、今日前に座ったのは見知った男性乗務員で、それだけは郁弥もほっとした。

「お疲れさまです。和良さん…でしたよね？　奈多空港ではいつもお世話になっております」

そのキャビンアテンダントが動揺している郁弥を見てくすりと笑い頭を下げてきた。

見知ったといっても――キャビンアテンダントにふさわしいあでやかな美丈夫《びじょうふ》が、仕事も機敏《きびん》で的確だと認識していた程度だ。いつも女性キャビンアテンダントに囲まれているような華やかな男が自分の名前を知っていたことに郁弥は驚いていた。

「でも、クールビューティとして名高い和良さんの、そんな顔が見られるなんて思わなかったです。何だか光栄だな」

「え、そんな顔？」

「艶《つや》っぽい、悩ましげな顔――」

顔を引きつらせた郁弥に、男は緩く笑む。

「恋人のことを考えていらしたでしょう？」

その言葉に郁弥はかっと頰を染めた。

つい寸前まで考えていたのはまさに恋人との情事だったからだ。

それを見て、キャビンアテンダントの男は破顔《はがん》する。

「すみません、からかうつもりではなかったのですが、つい。でも、ほかのＣＡ達はさぞがっかりするでしょうね。和良さんを狙《ねら》っている先輩方は多いんですよ」

ちらりと、反対側の非常口付近のシートに座る女性キャビンアテンダントへ視線を投げる男に郁弥は眉《まゆ》を下げた。

「東京へはその恋人に会いにですか？」

郁弥より年下の風貌をしているが、男の浮かべる笑顔は貫禄《かんろく》さえ感じる。

「違いますっ、研修です。就航が決まっているあの新機種の――」

「あぁ、あれですか」

郁弥の言葉に男は大きく頷《うなず》いた。

郁弥が今飛行機に乗っているのは、今度会社に導入される新機種の研修のためだ。

欧州の会社が誇る大型機を、郁弥の会社も数機購入した。日本の空を飛ぶのはまだ先だが、その前に航空スタッフ達はその機種の熟練工になっておかなければならない。整備士である郁弥もそのためにこれからひと月という長いスパンでの研修が待っていた。

郁弥としては新しい知識を学べると楽しみにしていたが、研修の場が東京ということで恋人の圭吾とも会いやすくなると、そちら方面でも喜んでいるのは内緒《ないしょ》の話だ。

「――和良さんの恋人が少し羨《うらや》ましいです」

しみじみとした声に瞼《まぶた》を上げる。と、シートベルトを外していたキャビンアテンダントの男と目があった。いつの間にかシートベルト着用を解除する機内ホーンが鳴っていたらしい。

「え？　あの……」

またぼんやりと、自分がおかしな顔をしていたのかと慌《あわ》てて顔を触る。

「オレの恋人も、離れているときにはそんな顔でオレを思い出してくれていると嬉しいなって思いました」

くすりと笑いながら男はそんなことを口にした。男が恋人と口にしたとき一瞬だけ浮かべた愛しげな表情に、もしかしたら自分もあんな顔をしていたのかと改めて恥ずかしくなった。


東京での研修は順調に始まった。

配られた分厚いマニュアル本には一瞬気圧《けお》されたが、メカマニアの気がある郁弥としては近いうちに触れるだろう見知らぬ飛行機のことを思うと、奮《ふる》い立つような思いがする。

平日の九時から五時を研修に当てるこのひと月は、ビジネスホテルを宿とし、休日は土日祝日というまさに普通のサラリーマンのような毎日だ。

休みも不規則で遅番早番とハードな生活をしてきた今までを思うと体的には楽だったが、逆に土日が休みゆえに、恋人である圭吾とはすれ違いが多くなる。もっとも、同じ東京にいるから圭吾の仕事が終わったあとでも会うことができるのだ――今日のように。

「こんなに人が多いなんて……」

土曜日の、午後の早い時間に仕事が終わる圭吾と東京での逢瀬を約束したのだが、時間までホテルでじっとしていることもできなくて、郁弥はある博覧会に来ていた。国内で造られているバスや鉄道といった乗り物の展示ショーなのだが、何といっても一番の目玉は、国内メーカーが造ったジェット飛行機だ。

休日ということもあり、人が多いのも覚悟《かくご》して出向いたのだが、それでも予想を遙《はる》かに上回る人の多さに郁弥は早くも辟易《へきえき》していた。

けれど、せっかくここまで来たからにはやはり見ておきたい……。

「――それでは、次のグループは進んで下さい」

係員のかけ声に、郁弥はようやくかと歩き出す。

今日のメインともいうべき航空機の展示会場は入場制限が必要なほど賑《にぎ》わっていた。

大きくはないが、国内メーカーが設計製作したまぎれもなくメイドインジャパンのジェット機は、そのスマートなフォルムを惜しげもなくさらしており、郁弥も人の多さを忘れて思わず見とれてしまった。

いつかこれが空を飛ぶとき、自分の手でメンテナンスできる日が来るかもしれない。

フライトエンジニアを職業としている幸せを、また今噛みしめていた。

これだからメカオタクだって言われるんだ……。

郁弥は小さく苦笑《くしょう》して、飛行機から視線を逸《そ》らす。

が、その時ふと気になったものを見た気がしてまた視線を戻した。

「圭吾……?」

まだ空を飛んでいるはずの圭吾の顔を群衆の中に見つけたのだ。整ったノーブルな横顔を郁弥の前にさらし、真剣な眼差《まなざ》しは目の前のジェット機に一心に注《そそ》がれていた。

しかし、その横顔はまたすぐに群衆に紛《まぎ》れる。見学の時間が終了し、出口への移動が始まったのだ。

今、こんなところにいるわけがないのに……。

そうは思ったけれど、気付けば郁弥は人混みをかき分けていた。

「すみません、あの、すみませんっ」

わりと大人《おとな》しい性格だと思っていたのに、こんな積極性をもっていたなんてと自分でも驚いていたが、初めてできた愛しい恋人のことになるとつい手足が動いてしまっていた。

「圭吾っ」

ようやく見つけたその姿に、思わず手を伸ばす。

『圭吾』が驚いたように振り返る。が、しかし——。

「あ……」

違う、圭吾じゃなかった……っ。

郁弥を見下ろしていたのは学生服を着た少年だったのだ。

確かに圭吾によく似ている。しかし少年は、圭吾の上品でノーブルな目鼻立ちに少しクセを加えた感じの、どちらかといえば華やかな印象が強い顔立ちだった。

「すまないっ、人違いだった」

あたふたと、郁弥は少年の腕を放す。

「本当にすみませんでした」

もう一度謝罪すると、気まずさに顔を赤くして逃げるように人波の中へ歩き出した——が。

「あの、待って下さい」

そんな郁弥を少年は引き留めてくる。

「もしかして、圭吾というのは三ツ谷圭吾のことではないですか?」

今度こそ郁弥はぎょっとおののいた。

「え…と、君——?」

「オレは倉本慎《くらもとしん》です。オレの叔父《おじ》が三ツ谷圭吾といいます。オレは圭兄《にい》に——いえ、叔父にそっくりだっていつも言われるから、もしかしてと思ったんです」

郁弥があぁと思わず声をもらしたのを見て、慎がにっこり笑った。

「そうなんですね? よかった。こんな飛行機がある場所で、オレを見て叔父の名前で呼んでくる人は絶対叔父の知り合いだって思ったんです。航空関係の方ですか?」

人好きする少年らしい爽《さわ》やかな笑顔に、郁弥もほっと心が緩んだ。

「うん、その……三ツ谷くんの仕事関係の友人で、和良郁弥といいます」

まさか甥っ子の前で恋人の名前を呼ぶこともできなかったから、つい改まってしまった。

圭吾と同じ会社で航空整備士をしていることを告《つ》げると、わっと慎の表情が変わった。

「もしよかったら、少しお話しさせてもらえませんか？　オレ、ソッチ関係にもとても興味をもっているんです」

キラキラ光る尊敬の眼差しにくすぐったさを覚えて、郁弥は小さく笑う。

まるで圭吾が若くなったみたいだ。

そう思うと、しぜん表情も柔らかくなる。

「いいよ、おれでよかったら」

郁弥の笑顔を受けて、慎がわずかに目を見張った。がすぐに頷くと、またさらに嬉しげに顔を綻ばせた。


「──それで、和良さんはどうしてフライトエンジニアの方に？」

「うん、航空機には元々興味があったんだけど、おれはその中身の方に関心が向かったんだ。今の飛行機はもっぱらコンピューターが動かしているようなものだけど──」

慎が聞き上手《じょうず》なせいか、自分がいつの間にか饒舌《じょうぜつ》になっていることに気付いた。

こういうところも本当に圭吾に似ている。

郁弥と慎は場所を移したカフェで大いに盛り上がっていた。

圭吾の甥っ子だという慎は、パイロットを目指していたけれど、元々機械いじりが好きなこともありフライトエンジニアにも興味があると悩んでいたのだという。その悩みはくしくも郁弥が歩んできた道でもあったため、目の前の少年にさらに肩入れする要因のひとつとなった。

郁弥自身、従兄《いとこ》である秀也《ひでや》がパイロットという以前に、亡くした両親も実はパイロットとキャビンアテンダントだったという航空一家に生まれたのだ。自分ももちろんパイロットになるつもりだったけれど、途中でフライトエンジニアへと方向転換した。その理由が、今の慎同様、機械いじりの方に興味が向かったせいだ。

だから慎の悩みが人事《ひとごと》とは思えずつい熱くなってしまった。

しかも、話を聞く慎の姿勢が、背中がくすぐったくなるほど真摯《しんし》だったのも熱が入ってしまった原因でもある。

見るからに利発《りはつ》そうで、その態度も礼儀正しく優等生っぽい。聞けば、高三に上がったこの春まで生徒会長をしていたそうだから頷ける話だ。

「へえ、アメリカ研修ですか」

椅子《いす》の肘《ひじ》掛けに片肘をついて話に耳を傾《かたむ》ける慎は、圭吾と同じくらいの長身だと思われたが、まだ体の厚みはなかった。それゆえに少しひょろりとした印象を受けるけれど、手首もがっしりしているし、将来は本当に圭吾のような美丈夫になるのだろう。

その容姿も圭吾に似て端整なものだったが、ただやはり、そこには成長を遂げていない幼さのようなものがあった。青年へと移行する、成長途中の危うさのようなものだ。が、それが短所には見えず、これからどんな男に成長するのかという楽しみの要素になっていた。

もしかして圭吾も高校生の頃はこんな感じだったのかと、郁弥の頬はしらず緩んでしまう。

「会話は全て英語ですよね？　専門分野だから苦労されたりしなかったんですか？」

「多少わからなくても仕事上やることは同じだからね。通じるものだよ。どちらかというと、日常会話で困ったりしたかな」

郁弥が苦笑してみせると、慎が唇を尖らせる。

「オレ、実は英語が少し苦手なんですよね。圭兄に教えてくれって頼んでいるんですけど、ここしばらく忙《いそが》しいからって連絡ひとつないんですよ」

その言葉に、郁弥は少なからず動揺した。

ここ最近圭吾が忙しい原因の半分ほどは自分のような気がするからだ。

「でも、今日は久しぶりに圭兄に会えるな。ちょっと頼んでみようかな」

慎の笑顔を見て、郁弥は腕時計を確認した。

圭吾からは、先ほどこちらに向かっていると連絡が入っていたから、もうしばらくしたら現れることだろう。

郁弥が今日これから圭吾と会うのを知った慎は、すぐに自分も一緒に待ってもいいかと尋《たず》ねてきた。話も尽きなかったたし、郁弥もそれには喜んで頷いたが、驚かせたいから一緒にいることは内緒にして欲しいと頼まれ、圭吾に慎のことは言っていない。

どうなることやらと困惑《こんわく》半分、楽しみ半分で待っているのだった。

「和良さんって、今は奈多空港で働いていらっしゃるんですよね？　その前はどちらだったんですか？」

「羽田《はねだ》だよ。といっても、ドックの方だけどね。ドックって、わかるかな？」

人間ドックを行う病院のように、決められた周期で飛行機の大がかりな整備点検を専門とするメンテナンスセンターのことだ。一般的にはその存在を知らない人も多いまったくの裏方作業部署なのだが、ただひたすら飛行機に携わっていられるため、郁弥は嫌いではなかった。

「わかります。そうか、羽田のドックに……。五年前、ぐらいもそうですか？」

少ししゃべりすぎて痛くなった喉を潤すためコーヒーに手を伸ばしていると、慎はさらに尋ねてくる。

「五年前…はそうだね。まだドックにいたかな」

「やっぱり――」

慎の頷きに郁弥はコーヒーカップから唇を離す。

「やっぱりって、どういうこと？」

すぐ何か答えてくれると思ったが、慎は黙ったままだ。郁弥をじっと見たまま、冷静に何かを考えるように指先で顎《あご》を撫《な》でている。

「慎くん？」

「いえ、和良さんは圭兄がどうしてパイロットになったのか聞いたことはありますか？」

「圭…三ツ谷くんがパイロットになったのは――」

確か五年前、羽田のドック見学で自分を見て……五年前？

「え？　あの、慎くんは三ツ谷くんに何か聞いていたりする？」

郁弥と圭吾の恋の始まった、いわば出逢いの場所がその五年前の羽田のドックだ。

まさか、その場で郁弥に目を奪われてずっと探していたのだとかいう恋愛エピソードまでは口にしていないだろうが、具体的な時期や場所が出てくると不安になる。

さっきから慎の様子が少し違うのも気になった。

しかし、窺うように聞いたそれに、慎はふっと表情を変えた。元の愛想《あいそ》のいい笑顔を浮かべたのだ。

「そうか、やっぱり和良さんだったんですね。圭兄が一目惚《ひとめぼ》れした整備士っていうのは」

「ひ、一目惚れって」

郁弥は慌てる。

まさか、本当に圭吾は慎に何か言っていたのだろうかと。

だから寸前の、慎のちょっとした違和感など吹き飛んでしまった。

「あはは。そのくらいあの時の和良さんに圭兄が釘付《くぎ》けになっていたって喩《たと》えですよ。何でオレが知っているかって、オレはその場にいたんですよ。五年前、圭兄はオレの保護者で空港見学に行ったんです。で、そこで運命の出逢いをしてしまったんだ。その時の整備士さんが和良さんだったなんて、すごい偶然ですよねぇ」

慎の使う言葉が、さっきから郁弥の胸をドキドキさせる。本当に心臓に悪い。

けれど、それとは別に慎の言葉には郁弥も大いに驚いた。

「そうか、甥っ子を連れて空港見学したって、あれは慎くんのことだったのか」

「そうなんです。圭兄ってば、説明する係の人に背中を向けっぱなしで。あの時はオレの方が恥ずかしかったんですよ」

第三者の人間からその場のことを聞かされて、顔が赤くなりそうでひどく困った。

「圭兄も何で教えてくれないかな。もっと早くオレに和良さんを紹介してくれたらよかったのに」

少し拗ねたような表情に、郁弥は思わず笑みがこぼれる。

まるで弟ができたみたいだ。

屈託《くったく》なく話しかけてきて、憧《あこが》れの眼差しで見上げられ、少し甘えた表情も覗《のぞ》かせる慎をすっかり気に入っていた。それが恋人である圭吾の甥っ子で容姿も似ているのだから、好感度はぐんぐん上がる。

「ぁ……」

その時、入り口に待ちかねた長身の影を見つけた。

「圭…三ツ谷くん、こっち――」

テーブルを見回す圭吾が郁弥の声に気付いて視線を定める。が、同じテーブルにつく背中を向けた慎の姿に眉を寄せた。いや、自分の甥っ子である慎だとまだ気付いていないのかもしれない。それが正しかったようで、足早にテーブルに近付いてくると圭吾の顔が驚いたものに変わった。

「えっ！　おまえ、慎じゃないか」

「圭兄、お仕事お疲れさまです」

慎が茶目っ気たっぷりに圭吾を見上げる。

「偶然、慎くんと知りあったんだよ。驚かせようとは思っていたんだけど、まさかそんなに驚いてくれるとは思わなかったよ」

郁弥は思わず声を上げて笑ってしまった。

悪戯《いたずら》が成功したと、慎と共犯者めいた眼差しを交わしあう。

「郁――」

「三ツ谷くん」

疑問符のいっぱい並んだ顔の圭吾がいつものように郁弥を名前で呼ぼうとした。けれどその前に、言葉を遮《さえぎ》るように郁弥が声を上げる。はっと口を閉じた圭吾と一瞬だけ視線を交わしたが、その一瞬で言いたいことは通じたようだ。

「和良さんと慎がどうして知りあったか、聞かせて下さいよ」

名前を言い直して隣に腰掛けてきた圭吾にほっとする。心底驚かせたのか、未《ま》だ少し頬を強《こわ》ばらせている圭吾に、郁弥は宥《なだ》めるように視線を合わせ、慎と出会ったいきさつを話して聞かせた。

「――びっくりしました。郁弥さんが男と仲良く笑いあっていたんですから。変な嫉妬をしたじゃないですか」

途中、慎が手洗いに席を立ったから、郁弥も圭吾もようやくほっと息をついた。

「変な嫉妬って、圭吾はオーバーだな」

「オーバーじゃありません。郁弥さんがあんなリラックスした表情を見せる相手って、実は限られているって自分では知らないでしょう?」

「え、そう…かな」

考え込んだ郁弥に、圭吾が諫《いさ》めるように甘く睨《にら》んでくる。

「そうなんです。もう、やめて下さいね。これ以上、郁弥さんの信奉者《しんぽうしゃ》を増やすのは」

「信奉者って何だよ、慎くんは圭吾の甥っ子じゃないか。それにあの年代にとって、おれなんただのおじさんだよ」

やはり圭吾の冗談だと笑う。

「これだから郁弥さんは心配なんですよ……」

対して、圭吾は嘆息《たんそく》していたが。

「それより、慎くんにおれ達のことが絶対バレないようにしないと。圭吾はおれに必要以上に構ったらダメだよ。触るのも禁止だから」

「えぇー」

郁弥の言葉に圭吾が不満げに声を上げる。

「絶対ダメだ」

郁弥は睨むが、圭吾も納得《なっとく》がいかないと澄んだ黒い瞳で見つめ返してきた。

付きあう前はそうとは知らなかったが、圭吾は思った以上にスキンシップが好きだった。機会を見つけては郁弥に触れてくる。そして触れられると自分がおかしくなるのがわかっているから、圭吾には申し訳ないがお触り禁止を言い渡したのだ。同じ理由で、不器用な郁弥をいつだって甘やかしたいと思っているらしい圭吾の優しさも、今日に限っては危険行為に当たる。あれやこれやと楽しそうに年上の男の世話を焼こうとする圭吾の姿は、通常であれば疑問に思うものだろう。

圭吾は渋ったようにしばらく返事をしなかったが、最後には諦めてため息をついた。

「わかりましたよ。そのかわり、二人っきりになったら思いっきり触らせてもらいますからね。その時イヤだって言っても聞きませんから」

それに対して今度は郁弥が黙り込むことになった。早計だったかと不安になったが、同じくらいこの後の時間が待ち遠しいと思ったのも事実だ。

「……そんな可愛い顔をしないで下さい。速行で連れ帰りたくなったじゃないですか」

「圭吾っ」

「慎と夕食を約束したのは間違いだったかなぁ」

けれど口ではそう言いながら、圭吾も甥っ子の慎はことのほか可愛がっているようだ。ねだられてこの後の食事に慎が同行することを、圭吾は早々に郁弥に願い出たのだから。

「でも、郁弥さんとこうして仕事を終えて普通に待ち合わせができるなんて嬉しいですね。いっそ、このままずっと研修が続けばいいのに」

圭吾が甘い微笑みを浮かべて見つめてくる。

恋人の色香《いろか》したたる眼差しに、頬が熱くなる気がした。それをごまかすように、水が入ったコップに手を伸ばす。

「研修がこのままずっとっていうのは、さすがにイヤだな。でも、確かに今こうして圭吾と向かいあっているのはちょっと不思議な感じだよね」

付きあい始めてからまだ二ヶ月と少し。

互いに休みを利用しての逢瀬は本当に瞬く間に時間が過ぎてしまうから、今まで満足できるほど圭吾と一緒にいたことなど一度もなかった。そんな体をつなげるだけで精一杯の今までに比べると、こうしてデートのような真似事《まねごと》ができる今がとても幸せに感じる。

「ほら、その顔。そんな魅惑的な表情を慎には絶対見せないで下さいね」

「——何をオレには見せないっていうの？」

二人の間に急に慎の声が降ってきて郁弥は飛び上がりそうになった。

いつの間に背後まで来ていたのか、慎がテーブルに着きながら郁弥の顔を覗き込む。思わず視線を逸らしてしまった郁弥だが、圭吾はそんな慎を軽く睨んだ。

「足音を消して近付くんじゃない」

「心外だな、そんなことをオレがするわけないでしょ。後ろめたいことがある圭兄の被害妄想《ひがいもうそう》だよ」

「信じられないよ、ぼくはおまえのことはよく知っているからね」

「それってあまり嬉しくないよ、圭兄。あ、でも和良さんのことはもっと知りたいって思ってますよ、オレ」

「和良さん、相手にしなくていいですからね」

圭吾と慎の会話はそれこそ本当に兄弟のようだ。

そんな二人を郁弥は微笑ましげに見つめた。

「――家庭……教師？」

「はい、ぜひ和良さんにお願いしたいです」

真面目《まじめ》な顔で見つめてくる慎に、郁弥は眉を寄せた。

三人は場所をエスニックダイナーに移して夕食を楽しんでいた。

郁弥も初めて聞く圭吾のパイロット候補生時代の話や、郁弥の仕事話、はたまた圭吾と慎の昔話で場は大いに盛り上がり楽しい時間となったが、その場もお開きになろうかというとき、慎がとんでもないことを口にしたのだ。

郁弥が東京にいる間、ぜひ家庭教師をお願いしたいと。

「何を言ってる、それはダメだよ。そんなことはぼくが許さない」

「どうして圭兄に許されなきゃいけないんだよ？　オレは和良さんに聞いてるのに」

硬い表情でさらに言い募《つの》ろうとした圭吾を、郁弥はテーブルの下で腕を引いて思いとどまらせる。そして改めて慎に体を向けた。

「悪いけど、おれも遠慮させてもらおうと思う。君の先生になれるとは思えないんだ。受験生の君の方がおれよりよほど頭がいいと思うよ？　だから、それは断らせてもらいたい」

自分でも厳しいかなと思うほど、きっぱり断りを入れていた。

圭吾の甥っ子で、郁弥も気に入っている慎だからこそ、曖昧《あいまい》にしたくなかった。中途半端な気持ちで受験生の家庭教師が引き受けられるわけがない。

「そんなことは言わないで下さい。オレ、和良さんと今日話をさせてもらって、とても安心したんです。人生の先輩っているんだって、心強く思いました」

慎が口にするそれが、さっき話していたパイロットになるかフライトエンジニアになるかという悩みだとわかった。自身もそれに思い悩んだ時期を思うと、慎の申し出を拒絶することに急にためらいを覚えてしまう。

そんな、郁弥の気持ちが揺れたのに気付いたみたいに慎が畳《たた》みかけてくる。

「それに、オレが和良さんに教えて欲しいのは英語なんです。オレ、英語が苦手だってさっき言いましたよね？　和良さんがアメリカでしばらく生活したこともあるって聞いたら、ぜひヒアリングをみて頂きたいなって思ったんです」

「それだったら確かに少しは——」

自分にもできるかもしれないと思った郁弥の腕を、今度は圭吾が引っ張ってきた。

「英語のヒアリングだったらぼくもできます、慎の勉強はぼくが見ますよ。慎ももう少し考えるんだ。研修で忙しい和良さんの手を煩《わずら》わせるなんてダメに決まっているだろう？」

「和良さんが大変だってオレだってわかってるよ。でも、ほんの一時間くらいでもいいんだ。もちろん和良さんが宿泊しているホテルまでオレが出向くとか、できるだけ和良さんの負担を減らす努力はするし。それに圭兄が教えるって言うけど、圭兄の仕事は不規則な上にそんな口約束、ここ最近果たされた試しがないじゃないか」

「それは……でも、和良さんの研修はおまえが考えている以上に大変なんだ。今度しっかりおまえのために時間を取るから」

取りなしながらも折れない圭吾に押し黙った慎は、最後の手段とばかりに上目遣《うわめづか》いに郁弥を見上げてくる。

「――やっぱり、だめですか？」

「慎っ」

珍しく、圭吾の叱咤《しった》が飛ぶ。

困ったな、まるで本当に弟をもった気分だ……。

先ほどから圭吾と慎の兄弟めいた会話を羨ましく思っていたから、今、慎からまるで弟のようにねだられたことが嬉しくて、郁弥はつい心が大きく動いてしまった。

「いいよ、わかった」

気付けばそう答えていた。

「郁弥さんっ」

身を乗り出した圭吾が、我を忘れたみたいに郁弥を名前で呼んだ。あ、と思った郁弥だが、今はあえてそれを咎《とが》めることはせずに大丈夫《だいじょうぶ》だと頷いてみせると、ぐっと圭吾は押し黙る。

「引き受けて下さるんですかっ、和良さん」

一方、慎はわっと少年らしい満開の笑顔を見せていた。

「うん、もしかしたらあまり役に立たない家庭教師かもしれないけど、おれができる限りはやらせてもらうね」

「ありがとうございますっ」

圭吾が横からじっとり見つめてくるのがわかって、ほんの少し心苦しい。

「さっそく明日の日曜からいいですか？」

「明日はダメだ。そうですよね？　和良さん」

そこは譲らないと圭吾が口を挟《はさ》んでくるから、郁弥も頷いた。

実は、明日の日曜日は圭吾も偶然休みだったから久しぶりにゆっくりした時間をもてると前々から楽しみにしていたのだ。

「うん、来週からでいいかな。今日はさんざん遊んだから明日は少し勉強したいんだ。その代わり、おれが慎くんの都合のいい場所まで出向かせてもらうよ」

「――それならぼくのマンションを使って下さい。ホテルからの和良さんの移動にも楽ですし、慎も何度か来たことがあるからわかるだろう？」

圭吾も最後には諦《あきら》めたように場所を提供してくれたからほっとする。自分が言い出したことで圭吾に迷惑をかけられないから、その申し出を受けられないと思ったのは別として。

「それはダメだよ。三ツ谷くんが休みだったりしたらくつろげないじゃないか」

「これだけはぼくも譲れません。甥である慎のわがままを聞いてもらうことになったんですから。ぼくにもその一端は担《にな》わせて下さい」

圭吾に穏やかに宥められると、自分の方がわがままを言っているような気分になる。これ以上抗議することもできなくなった。

「オレも圭兄のテリトリーでっていうのは嫌なんだけど」

「慎の意見は聞かないよ。それより、いったいおまえは何を考えている？」

そう言うと、圭吾が眼差しをほんの少しきつくして慎を見すえる。

「圭…三ツ谷くん？」

慎自身は、飄々《ひょうひょう》とそれを躱《かわ》すように肩をすくめていたが。

「そろそろお開きにしましょうか。学生服の慎をあまり遅い時間まで連れ歩きたくないので」

郁弥の訝《いぶか》しげな視線を受けて、圭吾の眼差しはすぐに緩んだ。いつもの圭吾の柔らかい表情にほっとして郁弥もその言葉に頷き立ち上がるのだった。


慎の家庭教師を勝手に引き受けたことを圭吾は怒っているかもしれないと心配していたが、実際圭吾は郁弥を気遣っていただけなのだとわかったのは、慎と別れ圭吾のマンションの部屋に入ってからだ。

「本当によかったんですか？　家庭教師だなんて、あいつ一時間だけなんて言いながら二、三時間は居すわるかもしれませんよ。郁弥さん、けっこう勉強をされるじゃないですか。自分の勉強のために他のところでムリされるんじゃないかってぼくは心配なんです」

初めて入った圭吾の部屋は広めの一ＬＤＫで、圭吾らしくきっちり整頓《せいとん》された居心地のいい空間だった。存在を主張している大きめのソファは圭吾と二人並んでもまだゆったりしていて、もしかしたら外国の有名ファニチャーのものかもしれない。郁弥もあまり詳《くわ》しくはないのだが、以前従兄の買い物に付きあったときに似たようなものを見た覚えがあった。

「ありがとう。でも、それは大丈夫だよ。自分の勉強は研修が終わった平日にでもやっておくから」

圭吾の優しさが伝わってきて、郁弥も笑みを浮かべて応えを返した。

「その郁弥さんの空いた時間を、ぼくが独《ひと》り占《じ》めしたかったんですけど」

「え、えぇっ」

「どうしてそこで驚くんですか。だって、恋人が同じ東京の空の下にいるんですよ。できるだけ一緒にいたいと思いませんか？」

「そ、それは――」

「それは？」

圭吾は本当にストレートに情熱を伝えてくるから、嬉しいけど困る。しかも、郁弥自身好きだの愛しているだのの言葉をあまり口にできないというのに、圭吾はそれを言わせたがるのだ。

「おれも、圭吾と一緒にいたい、と…思う」

何とか突っかかりながら口にすると、圭吾の顔が満足げに微笑む。甘やかで柔らかなその笑顔が面映《おもはゆ》くて、今度こそ目を伏せてしまった。

「だったら、郁弥さんがもしよければ休日はぼくのマンションで過ごしてくれませんか？　この後ひと月の土日はさいわい泊まりのフライトが入っていないので、夜遅い時間になるかもしれませんが郁弥さんとの時間をもてる可能性が高いんです。ずっと待ちわびていたんですよ、この部屋で郁弥さんとベタベタできる時間を」

圭吾が甘えるように郁弥の手を握ってくる。年下らしさを前面に出したその可愛いといってもいいおねだりに、郁弥は今すぐにでも頷いてしまいたくなった。

「もちろん、郁弥さんができる範囲でかまいませんから。できるだけ、郁弥さんの勉強の邪魔《じゃま》はしません。重いテキストとか持ってこられるのは大変でしょうけど」

そして、行儀《ぎょうぎ》がいいほどの引きのよさも郁弥の心をわし摑《づか》むのだ。

郁弥はつい笑ってしまっていた。

圭吾は本当に自分を動かすのがうまい。自分を気持ちよくさせるコツをわきまえている。

「わかったよ。どこまでできるかわからないけれど、できる限り土日は圭吾の部屋で過ごさせてもらう……──っぅわ」

が、返事を最後まで言うことは叶《かな》わなかった。隣に座った圭吾がその長い腕で郁弥を抱き込みソファに押し倒してきたのだ。ソファに沈み込む郁弥を、愛しげに見下ろしてくる。

「じゃあ、これ──もらってくれますか」

目の前にぶら下がったのは銀色の鍵だ。セキュリティのしっかりしたドアなのだろう。複雑な形状の大きな鍵だった。

「これは、圭吾の部屋の鍵？」

さっき、部屋に入るときに使っていたのを覚えていたから聞くと、圭吾は大きく頷いた。

「昼間はぼくも仕事ですから部屋を開けて待っていることはできません。だから、これを使って下さい。ついでに、研修が終わった後もずっと郁弥さんが持っていて下さると嬉しいです」

これって、恋人の部屋の合鍵というものか……。

自覚すると、急に顔が熱くなる。

愛しい人物からプライベート空間への鍵を預けられるというシチュエーションは初めてだったから、胸がドキドキした。思った以上にずっと嬉しい。

「──うん」

心が震えて、返事以上に何も口にできなかった。ただそっと、ぶら下がる鍵を受け取る。

「郁弥さん……」

けれど、圭吾は心を読んだみたいにひどく甘ったるく呼びかけてきた。柔らかく綻《ほころ》んだ顔を近付け、形のいい唇を触れあわせてくる。

「……ん」

チュッと小さな音を立てながら何度も唇を吸ってくる圭吾に、体が浮き上がりそうになる。圭吾の手が、襟元《えりもと》を寛《くつろ》げるようにシャツのボタンを外しているのがわかったが、郁弥はそんな行為を歓迎するように背中へと腕を回した。

「ん、ぅっ……ん」

無意識に開けた唇の隙間《すきま》から、圭吾が舌を忍び込ませてくる。

とろりと熱をもった圭吾のそれは、郁弥を翻弄する場所を熟知《じゅくち》していた。

「昼間のペナルティ、郁弥さんは覚えていますか？」

「え？　ペナルティ？」

穏やかな快楽に意識を飛ばしかけていた郁弥はその言葉をぼんやり考える。

「慎の前で触らない代わりに、二人っきりになったらたっぷり触らせてもらうってこと」

それを言われて、一瞬のうちに思い出していた。青ざめるような気持ちで圭吾を窺い見ると、圭吾はにっこりと機嫌良さそうな笑顔を浮かべている。

妙に迫力がある圭吾に郁弥は背中に甘い震えが走った。

「ベッドに行きましょう」

圭吾の誘いに、それでも郁弥は頷いていた。

二人で寝室に移動すると、圭吾は郁弥の服を脱がしながらキスを繰り返す。

強いキス弱いキス、小鳥が交わすようなバードキスなど色んな口づけがあった。そして最後は大人のしっとりとしたキスで郁弥を甘く酔わせる。

「ん……っん……」

寝かせられたベッドに沈み込むような深いキスをしかけられ、郁弥の口は甘い嬌声《きょうせい》を紡《つむ》ぐのをやめられない。

「郁弥さん、郁弥さん……」

圭吾も息を継ぐ間に郁弥の名を甘く呼ぶ。それに応えるように圭吾の背中にしがみついた。

圭吾の手は郁弥の肌を楽しむようにゆっくり下りていき、きざし始めたばかりの熱に絡《から》みつく。

「……あっ」

愛しくてたまらないと、熱のこもった手淫《しゅいん》が始まった。

「んぁ、ん、ぅんっ……」

鉄の塊《かたまり》を難なく操縦《そうじゅう》する圭吾の手が、今は繊細《せんさい》に郁弥の欲望を育てていた。緩く強く、強弱をつけた動きで郁弥の熱を擦《こす》り上げる。甘いキスを続けながら先端の感じる部分を指先で刺激されると、圭吾の口の中にくぐもった声を吐いた。

直截《ちょくさい》な刺激に郁弥はあっというまに昂っていく。

息が苦しいと思ったとき、ようやく圭吾の唇が離れた。そうなると、とたんに寒いような寂しさに襲われるのだから現金だ。

郁弥の乱れた前髪をかき上げ、圭吾が耳朶を甘く噛んで囁《ささや》いてくる。

「すみません、今日は何だか我慢《がまん》がきかなくて……。一度いってもいいですか？」

その声がひどく弱り切っていて、思わず笑みがこぼれてしまった。

「圭吾……」

自分でも恥ずかしくなるほど甘い声で名を呼び、圭吾の下肢に手を伸ばす。圭吾の欲望は、確かにすっかり硬く勃《た》ち上がっていた。

「っあ、待って…下さい」

それを愛撫しようとした郁弥を、圭吾の手が止めた。

「一緒に……」

圭吾の声と共に、郁弥の体勢が変えられた。うつぶせに寝かせられ、上から圭吾がのしかかってくる。

「膝《ひざ》を立てて……」

官能を帯びた声で囁かれ、郁弥は肌をあわ立たせながら膝に力を入れる。腰を高く掲げた姿がひどく恥ずかしくて、ベッドについた腕がぶるぶると震えた。

圭吾が体を起こして後ろへと回ると、腿《もも》の付け根をぐっと広げる。

「あぁっ」

そこに、圭吾の熱が滑り込んできた。

「ぁ、待っ……ぅんんっ」

圭吾の猛った欲望が、郁弥の股間《こかん》で行き来する。敏感な部分で感じる火傷《やけど》しそうな圭吾の熱に体は跳ね上がりそうになった。

「脚を、閉じてもらいますね」

言葉より先に、大きな手が腿をぴっちり閉じさせると、本格的な動きへと移行する。

「あ、ぁあ……あぁっ………」

こういう行為は初めてだった。

まるで擬似《ぎじ》セックスみたいに圭吾が腰を突き入れてくる。

圭吾の欲望が、先ほど高められた郁弥の熱やその後ろの双珠《そうじゅ》を擦り上げていく。閉じられた狭い空間を押し広げようとする。

後孔で受け入れるときと同じように、生々しく感じる圭吾に高い声が立て続けにもれた。

「郁…弥さん、っく、イイ……っ」

圭吾の声もひどく擦《かす》れていて背中に甘い痺れが走った郁弥は、圭吾の熱を意識して包み込もうとした。力を入れる腿がぶるぶると震える。

「ん、んっ、ぁぅ…んっ」

郁弥の行為に圭吾が愛しげに肩先にキスを落としてきた。そして快感を増長させるように圭吾の手が二つの欲望を一緒に包んでくる。

「つぁ、ダメ…だ、そんなことをしたら、すぐっ……、圭――…っ」

「ええ、一緒に、く……っ」

突き上げる動きを穏やかにした圭吾が欲望を擦り上げ、郁弥は悲鳴を上げながら圭吾の手の中に精を吐き出した。それとほぼ同時に圭吾の体も震えるのがわかった。

「――あぁ、この部屋で寝る度に今日のことを思い出すんだろうな」

手早く処理を終えた圭吾が背中にもたれかかってくる。甘えたような重さが愛しくて、郁弥もベッドに頬をつけながら圭吾の声に耳を傾けた。

「今日のことって？」

「郁弥さんの背中が、くねるところ」

が、圭吾の口から出たのは猥褻《わいせつ》ともいえる内容でぎょっとする。

「圭吾っ」

「すみません。でも、やらしかったんです……」

圭吾が起き上がろうとする郁弥を宥めるように、のしかかったまま背中にキスを落としてくる。そんなことではごまかされないと首をねじ曲げると、その唇にもキスされた。

「っ…ん」

触れるだけのキスのあと圭吾を甘く睨みつけると、恋人は蕩けそうな笑顔をたたえていた。

「惚《ほ》れ直しました。といっても、ぼくはいつも郁弥さんに惚れ直しているから、もうどのくらい好きになっているのかわからないぐらいです」

圭吾の甘すぎる言葉に、赤い顔をもっと赤くする。

「ということで、休憩《きゅうけい》終わりです」

郁弥がまごついているうちに、圭吾の口づけは背中を下っていった。

「ぁ、あの……っん、この…まま？」

常とは違う――うつぶせのまま愛撫してくる圭吾に戸惑った。肌を吸いながら移動していく唇は、あっという間に郁弥の腰にたどり着く。

「このままじゃないです、腰を上げて下さい。さっきの格好がいいですけど、できますか？」

さっきの、交尾《こうび》する獣《けもの》のような体勢を思い出して、首まで赤くなった郁弥は何度もムリだと首を振った。さっきは流されたというか、熱に浮かされたように羞恥《しゅうち》もまだ少なくあの体勢が取れたけど、正気《しょうき》に戻ったらもうダメだ。

「さっきはできたのに……」

圭吾も残念そうには呟《つぶや》いたが、すぐに気持ちを切り替えたみたいに郁弥の腰を自分で持ち上げると腹の下に枕を差し入れた。

「圭――っ…」

驚いて振り返ろうとしたが、それより早く差し込まれた圭吾の手が郁弥の熱を握ってくる。

「ぁ…んっ、ゃ……ぁあっ」

同時に圭吾の舌が郁弥の双丘の狭間《はざま》に落ちてきて、割り開かれたそこに見えたのだろう蕾《つぼみ》に触れた。

「やめっ……、それは、い…ゃっ……だ。圭吾っ」

とろりと入り口を舐《な》められて郁弥は激しくのけぞる。

じんっ、と連動するように蕾の奥が痺れるのだ。圭吾を受け入れ、かき回されることを覚えているそこが、圭吾の火傷するような熱を浅ましくも欲してしまう。

それが怖い。

感じすぎて怖いなんてことがあるだなんて思ってもいなかった。このままだと、自分は何を口走ってしまうのか。どんな狂態《きょうたい》をさらしてしまうのか。

「圭…圭吾っ。お…願いっ……んぁあっ」

ほぐし、緩めるように舌先で愛撫しながらも、圭吾の片手は今の行為で一気に育った郁弥の欲望を熱心に擦り上げているのだから快感は勝《まさ》る一方で。

「仕方ないですね」

圭吾も郁弥の声を聞いているだけでひどく昂ったみたいに、やけに抑えたような低音を発した。体を起こした圭吾にほっとするが、愛撫が止《や》んだ双丘の奥はきゅっと切なくなる。

「今日はオイルを使うことにします。が、今度は泣いてもやめませんから」

そんな恐ろしいことを口にしながら、圭吾はベッドサイドから取り上げたオイルを手に取る。

もしかしたら、圭吾自身もひどく興奮しているのかもしれない。

ぬるりとオイルで濡れた指をちょっと乱暴な動きで押し入れてくる。たっぷりのオイルで肉壁を柔らかくしようとした。

「あ……ぁっ…ん、っは……ぁあっ」

性急な愛撫に、それでも郁弥の後孔はとろりと綻んでいく。圭吾の愛撫が止められる頃には猛りを欲して甘い疼きが止まらなかった。

「郁弥さん……」

名を呼ばれて双丘を開かれたそこに圭吾の熱がぴたりと押し当てられ、

「ぁ…ぁ……っぁあ――…っ」

背後からゆっくり押し入ってきた。

圭吾の猛りはいつもより熱くて大きい気がして息が詰まりそうになる。

「っぁ、郁…弥さん、何て狭……い」

圭吾の欲情に濡れた声が背中にこぼれ落ちてくる。

腰を引き上げられ、獣の体勢に変えられても郁弥は言葉のひとつも紡げなかった。

高く掲げた腰を摑まれ、双丘の狭間を圭吾に穿《うが》たれていく。圭吾の熱も、硬さも、その太さも、今の郁弥には凶器のようだった。逃れようと、無意識に腰をくねらせる。

「…っ、だから、それっ……」

圭吾がたまらないと呟き、さらにぐんっと深く貫いてきた。

「ぁ、っは……ぁあっ」

全てが収まったとき、郁弥はようやく息をつく。けれど、次の瞬間には圭吾はゆっくりと動き出していた。

「待っ……ぁんっ」

抜き出し、突き入れる度に質量を増すようなそれに、強引なまでに甘い陶酔《とうすい》が引き出されていく。どろどろと蕩けるような快感に、何度も頭の先まで震えが走った。

「ぁあっ、あ……っぁ…んっ」

獣のように腰を掲げ、圭吾の欲望を抜き差しされている。けれど、もうそれに対して羞恥心は少しもなく、どころか圭吾ともっと深くつながりたいと知らず腰が動く。

そんな姿が圭吾の目にどのように映《うつ》っているのか、もう考えることもできなかった。

「っ郁弥……郁…弥さんっ」

名前を呼ばれるごとに腰の動きが速くなっていく。きついグラインドを入れながら、奥へ奥へと圭吾の猛りきった欲望が押し入ってくる。

「はぁ…んっ、んんっ、あぁっ……」

郁弥の体は、感覚は、すごい速さで快楽の階《きざはし》を駆け上がっていった。圭吾も郁弥と同じように極みへと向かっているのを意識する。

「ぅん…っ……あぅっ、あ、あ、あ…ぁ——っ」

圭吾がひときわ奥を貫いたとき、自らの足が最後の階を踏み切ったのを感じた。

「つく…ぅ——っ」

精を吐き出す郁弥と同じとき、圭吾の呻《うめ》く声が聞こえて肉壁に熱いしぶきが叩きつけられる。

「ぁ…あ…っ……」

その刺激に頭の先までざっと鳥肌が立つ。もしかしたら、もう一度達したのかもしれない。

「……郁弥…さん」

荒い息を吐く圭吾が背中にキスを降らせながら体を離し、ぐったり郁弥の隣に横になった。

「あー、今日は何だか余裕がなくてかっこ悪いところばっかり見せた気がする……」

ようやく呼吸が落ち着いてきたとき、圭吾が情けないとばかりに呟いたその言葉に郁弥は笑みが浮かびそうになる。が、それを何とか押しとどめて、くるりと仰向《あおむ》けに寝返った。

鼻先が触れるくらい近い距離で目があった圭吾に小さく首を振るとようやく恋人の顔が輝いたからほっとする。優しい腕に引き寄せられ、その胸の中で目を瞑《つぶ》った。

汗のひいていく肌がひどく気持ちよかった。

「——そういえば、慎が言っていた悩みって何なんですか？　もしぼくが聞いてもいいなら、ですけど」

心地いい疲労に身を委《ゆだ》ねていた郁弥は、笑って瞼を開ける。

「多分、大丈夫だと思うよ。慎くんが目指しているものって何だか圭吾は知っているんだよね？」

「ええ、パイロットになりたいって、小さい頃からずっと言ってましたから」

「そうなんだけどね。彼、機械いじりも好きらしくってフライトエンジニアにも興味をもっているらしいんだ。受験を前に、どっちの方向に行けばいいのか悩んでいるらしくて」

「あぁ、そういえば。昔からラジオとか機械製品を分解したがって姉さんを困らせていたっけ。あ、姉さんっていうのはあいつの母親です。そうか、あいつ整備士にも」

その言葉に頷いていると、圭吾は急に面白《おもしろ》いことを思いついたと目を輝かせた。

「前にぼくが言った、羽田のドック見学に一緒に行った甥っ子って、実はあいつのことなんですよ」

郁弥はそんな圭吾にこそ顔が綻ぶ。

「うん、実は本人から申告があったよ。圭吾がひとり、係員の説明に背中を向けていたって話も聞いた」

「え……」

しかしそんな暴露話《ばくろばなし》に、圭吾は驚いたように目を見開いた。

「あいつが自分で？　郁弥さんが、ぼくが一目惚れした整備士だと気付いたってことですか？」

「うん。あれ、圭吾が何かそれらしいことを慎くんに話していたわけじゃなかったのか」

いえ――と、圭吾は少し硬い声で郁弥の言葉を否定して、眉をひそめる。何かを考えるようにじっと郁弥を見つめていた。

「――やっぱり、あいつの家庭教師はやめませんか？」

そして再び口を開いたと思ったらそんなことを言う。

「どうして……」

何かあるんだろうか……。

まったく話が見えない郁弥は小さな不安を胸に、また黙り込んでしまった圭吾を見つめる。

「いえ――いえ……」

郁弥の顔を見て、圭吾はふっと表情を和らげた。そして不安がらせたことを謝るように郁弥の額に、瞼にと優しいキスの雨を降らす。

「ただ、これだけは覚えていて下さい」

ひんやりしていた胸の辺りがほっと暖まるまでキスを繰り返してくれた圭吾が片腕で抱きしめながら口を開いた。

「今日はあいつ、大人しくしていましたけど、慎は本来あんなカワイイ性格じゃないんですよ。

絶対何か企《たくら》んでいるんです。気をつけて下さいね」

神妙《しんみょう》に圭吾が口にしたそれに郁弥はようやく唇を緩めた。

十人が見たら十人が褒《ほ》め称《たた》えるような慎も圭吾にかかったら形無しだ。もし慎が自分の甥っ子だったら、自慢せずにはいられないほどのできた少年なのに。

一方で、圭吾も身内には厳しくなるんだなと微笑ましくなる。

「郁弥さん、聞いていますか？」

「うん、聞いてる。圭吾が慎くんをけっこう可愛がっていることはよくわかったよ」

「だから、そんなんじゃないですってば。もう、絶対本気にしてないんだから……」

最後にはため息をついてしまった圭吾だが、そんな恋人がひどく愛しくて、郁弥は今度は自分から圭吾の頬に唇を押し付けるのだった。


「少し休憩しようか」

郁弥が声をかけると、慎はふっと顔を上げた。

「慎くんはそんなに英語が苦手そうには思えないんだけどな」

小一時間ほど、慎が持参した教材を使って勉強を見た感想はそれだった。

一週間後の家庭教師の日、郁弥は合鍵を使って入った圭吾のマンションの部屋で、慎と向かいあっていた。

一時間ほどでいいと言われた家庭教師の時間も、どうせやるんだったらと最初に話しあってカリキュラムを組み、休憩を挟んだ二時間ぐらいと延ばすことにした。

「和良さんにそう言ってもらえると何だか心強いです。うまくいきそうな気がする」

教え始めて、慎は本当に頭がいいと感心させられることとなった。勉強ができるのはもちろん、頭の回転が速くて驚くほどだ。

そんな慎の一面はパイロットに向いていると思わされる。恋人の圭吾はもちろん従兄である秀也など、接してきた多くのパイロット達に共通するのがこの頭の回転の速さだと常々感じてきた。それを口にすると慎は照れたように目を伏せていたけれど。

「おっと、湯が沸いたね」

レンジにかけておいたドリップケトルが蒸気を上げているのに気付いて郁弥は立ち上がる。沸いたあと一呼吸おいた湯を、コーヒーフィルターにしたたる程度に落としていく。部屋の中にコーヒーのいい香りがふわりと広がっていくのが心地よかった。

先週、圭吾が何でも使っていいですからねと簡単に物の場所を教えてくれたおかげで、無駄にできない短い時間の中でもスムーズに事を進めていくことができていた。新しく買っておきましたと昨日メールで知らせてくれたこのコーヒー豆を使うことも。

ぶくぶくと大きな泡の立つコーヒーの粉を見下ろして、郁弥はいつの間にか自分が微笑んでいたことに気付いて面映ゆくなる。

けれど、

「――いい香りですね」

頭のすぐ後ろ辺りから慎の声が聞こえてぎょっとした。しかし、振り返ろうとした目の前に慎の唇があって動けなくなる。体が重なるように真後ろから慎が覗き込んでいたのだ。

「圭兄はコーヒー道楽っぽいところがあるからいい豆使ってるんだろうなぁ」

近すぎて体を強ばらせる郁弥とは違って、慎はいたってのんびりと郁弥の手元を見下ろしてくる。その声があまりに無邪気《むじゃき》なものだったから、離れてと改めて口にするのは慎を必要以上に拒絶するような気がして言えなくなった。

「危ないよ、和良さん。手元、見て」

慎の言葉に慌てて目の前のコーヒー抽出《ちゅうしゅつ》に意識を戻す。が、体温さえ伝わってくるほどの近距離にいる慎に、ケトルを傾ける腕もぶれがちになった。

「冷静そうに見えるのに、和良さんって案外危《あや》ういところがあるんですね。可愛いなぁ」

慎が俯《うつむ》くように小さく笑っている。

それがまるで耳元で囁かれているみたいで、郁弥は肌があわ立ちそうになった。

「か、可愛いって、君より十歳も年上のおじさんに何を言うんだよ」

返す言葉も裏返りそうになって焦る。

恋人の圭吾の声にひどく似ているのだ。圭吾よりわずかに高めだったが、甘やかで艶のある声質は郁弥が密かに気に入っている圭吾のそれにそっくりだった。

「おじさんじゃないですよ、和良さんはオレにとって年上のキレイなお兄さんです。可愛いなって思うのもホント……」

しかもその内容も、郁弥を好きに翻弄する圭吾のセリフのようで、たまらず奥歯を噛みしめた。下手《へた》をすると、情事のときの圭吾に甘く言葉を紡がれているような気にさせられてしまう。

「それに、和良さん。何かいい匂いがする」

「ちょっ――」

くん、と鼻先を首筋に触れさせるように近付けてきた慎には、さすがに郁弥も抗議の声を上げようとした。

「あ、そうだ。ケーキを出さなきゃ」

けれど、それより一瞬早く慎がするりと体を離していた。無邪気に冷蔵庫に向かう慎の後ろ姿に、郁弥はがっくり疲れた気になってため息をもらす。

彼はもしかしたら圭吾以上にやっかいかもしれない。

慎がからかっているそぶりを見せるのだったら郁弥もそれを口にできるし、自身でも注意していられるのだが、慎はまったくの無意識でやっているように見える。兄のように慕っている郁弥に甘えている感じなのだろう。

それだけ慎に懐《なつ》かれていると思えば可愛いかもしれないけど、恋人に似すぎている男との接触は心臓に悪い気がする。そして郁弥自身、人との接触はあまり得意ではないのだ。

「ねぇ、和良さん。和良さんの初恋っていつでした？」

複雑な思いに内心眉をしかめていると、母親が作ったというレモンタルトを皿に盛りながら慎が話しかけてきた。

「どうしたんだ、いきなり」

「いえ、参考までに」

慎の声はいたって軽快に聞こえたが、口に出された言葉にはその背後に何か深い思いが隠されているように思えた。

温めていたコーヒーカップの湯を捨てながら慎を振り返るが、当の本人はこちらに背中を向けていた。頑《かたく》なに目を合わせたくないように郁弥の方を見ない。

「──初恋、か。覚えてないな、はっきりとは。気付いたら好きだったという感じでね」

だから、郁弥もあえてそんな慎を気にしていないふうに切り出す。

「へぇ、お相手は？」

「う…ん、親せきの人、かな」

郁弥の初恋の相手は、兄弟同然に育ってきた従兄の秀也だ。

異性愛者の彼を郁弥はなかなか諦めることができなかったけれど、圭吾のおかげで、今は家族としての穏やかな思いに変わっていた。

「親せきのオネーサンですか。健全ですね」

「『オネーサン』って、いや……。え、それより健全って、どういうこと？」

「いえ――…」

慎がようやくこちらを見た。

が、言葉を躊躇《ちゅうちょ》している雰囲気に、郁弥は心の中で頷く。コーヒーをセットしたトレイを持って、リビングへと慎を連れていった。

「何か相談事があるなら聞くよ？」

改めて慎にそう言った。

たぶん、何か相談したいのだと思ったのだ。

内容はおそらく恋愛事なのだろう。恋愛に疎《うと》い自分には少々荷が重い気がしないではなかったが、慎が郁弥に話したがっているのが伝わってくるから覚悟を決めた。

「圭兄には内緒にしてくれませんか？」

わずかに緊張したようなその声に心を引き締めて頷く。

慎は逡巡《しゅんじゅん》するようにコーヒーカップの縁《ふち》をなぞっていたが、ようやく顔を上げた。

「オレ、女の子が苦手なんです――」

その口から出たのは思いもよらない言葉だった。

「――ゲイかもしれません」

「え……」

驚愕《きょうがく》する郁弥に慎は真っ直ぐ視線を定めてくる。

「和良さんは、こんなオレを軽蔑《けいべつ》しますか？」

「いや、しないよ。軽蔑なんてしない」

自分こそが男の圭吾と恋愛しているのに、どうして軽蔑などできようか。

「で、でも女の子が苦手だからゲイかもしれないって、それはあまりに極論すぎるんじゃないかな。君ぐらいの年齢だったら、まだ男同士で遊ぶ方が楽しいってこともあるだろうし」

ただやはり、恋人が慎の叔父であるせいか何となくその視線を見返せなくて、郁弥は意味もなく何度もコーヒーに口をつける。美味《おい》しいはずのそれなのに、何だか少しも味が感じられなかった。

「違うと思います。だって、最近気になる人がいるから」

「あ、それが男の人？」

慎は神妙に頷いた。

「オレ、元々あまり誰かを好きになるなんて経験したことがなくて、恋愛なんてがらじゃないって思っていたんですけど、最近とても気になる人がいて困っているんです。勉強してもその人の顔が頭に浮かんでくるというか」

ゲイだという一番の問題を口にしてしまったせいか、慎は気が軽くなったようにしゃべり始める。だが、人の恋愛話は何だか気恥ずかしくて困った。

「年上、なんです。オレより、すごく――」

「そ、そう」

「とてもキレイな人なんです」

「そうなんだ」

じっと、郁弥の上にその好きな人の姿を思い出しているのか、ひどく熱のこもった眼差しを向けてくる慎だが、郁弥はただただ頷くだけで精一杯だった。

父親が娘の恋愛話を聞かされる気分とはこんなものだろうかと、つい変な想像をしてしまうほどきまりが悪かったのだ。十歳も年下である慎も本気で恋愛をしているのだと、艶っぽい表情や熱い眼差しを見せられるとよけいに。

もしかしたら慎の話も半分ほど耳からすり抜けていたかもしれない。

「――ダメか、作戦変更だ」

「え?」

何を言っても同じ反応しかできない郁弥に慎はさじを投げたみたいにため息をついた。何かを独りごちていたが、気分を変えるように顔を上げてまた話し出した。

「……いいえ。オレってあまり相手にされていないみたいでちょっと落ち込んでいるんですよね。

同じ年上の和良さんから見て、オレってどうですか？」

「慎くんの相手のことなのにおれに聞くの？　いや、あまり参考にならないんじゃないかな」

「そんなことないですよ、ぜひ年上の男の人から見たオレの印象を教えて欲しいです。オレってあまり魅力ないですか？　年下ってだけで相手にはしてもらえないのかな」

「そ、そんなことはないよ。慎くんは——」

目の前にいる慎を見る。

少し不安げな表情をつくって郁弥をじっと見つめる様子は、お行儀のいい血統書つきのワンコのようだ。圭吾もその傾向はあるが、圭吾の場合落ち着いた大人の貫禄も見せており、喩えるならその世界でのワールドチャンピオン犬といった感じだろう。慎はまだまだ成長途中で、圭吾に比べると幼さみたいなものが前面に出ている。

けれどそれは悪い意味ではなく、若々しさが凛々《りり》しくて好感がもてるといった方向だ。決して、他の何かに劣《おと》っているとは思えない。

郁弥だけは、いつだって圭吾が一番だから何につけても二番以降になってしまうけれど。

「うん、ステキだと思うよ。年下だからとか、あまり気にすることないと思うよ。ただ、それ以前に、その……慎くんの好きな人は男もＯＫな人なのかな？」

今度はまともに返せたと思った郁弥だが、目の前の慎はがっくり肩を落としていた。

「ど、どうかした？」

的外《まとはず》れなことを口にしたかと慌ててしまう。

「——いえ、そうですね」

はらりと額に落ちた髪を片手でかき上げて慎が頭を上げる。気のせいか、頬の辺りが微《かす》かに強ばっているように見えた。

「たぶん、大丈夫な人だと思います。和良さんから見て、いえ——年上の男の人から見てどんな年下のタイプが好みでしょうか？　参考までにお聞きしたいんですが」

「でも、おれは……」

「たとえば、です。少し強引《ごういん》に迫《せま》ってくるタイプがいいのかな、とか。大人しくそのタイミングが来るまで待っているお利口さんタイプがいいのかとか」

圭吾は、両方だったな。いや、最初はタイミングを待ってのお利口さんタイプだったけど、最後は強引に迫られて……。

郁弥はいつの間にか圭吾のことを考えてしまっていて慌てて思考から追い出す。

「和良さん」

気付くと、慎がすぐ近くにまでいざってきていた。

「慎くん？」

ソファの脚部分を背もたれにして座る郁弥に覆いかぶさるように、身を乗り出してくる。

「こうして迫られてドキドキしますか？　それとも、もっとすごいことをしなきゃ年上の人には通用しない？」

体を挟むようにソファに両手をついて顔を近付けてくる慎に、こんな時は自分こそが冷静にならなければと郁弥は気を引き締めた。

「慎くん。ストップ、そこまでにしよう」

慎の前髪が額に触れる前に、年下の恋する少年を落ち着かせるようにその肩を優しく、けれど力強く止めた。憑《つ》き物が落ちたようにそれまでの甘い雰囲気を消しさって無表情になった慎を、郁弥は隣へと強引に座らせる。その手に、慎は逆らわなかった。

「好みとかタイプとか人それぞれだよ。おれを参考にするより、慎くん自身を磨《みが》いたり、その人をリサーチしたりした方がいいんじゃないかな。それに、慎くんがそんなに一生懸命《いっしょうけんめい》だったらその思いはいつか通じる気がするな」

「いつかじゃダメなんですよ……」

郁弥の言葉に慎はため息混じりに呟いた。慎の少し寂しげな表情に胸がズキリと痛む。

好きだという思いに振り回されるような経験は郁弥にもあったから、慎の悩みも手に取るようにわかった。ましてや郁弥と同じ、人より少し難しい同性との恋愛だ。

気遣《きづか》わしげに慎を見つめていると、その視線に気付いた慎がようやく表情を綻ばせた。

「もう少し他のアプローチを考えてみます。思ったより難攻不落《なんこうふらく》だったから」

「――？　そ、そう？」

慎の言い方を不審《ふしん》に思ったものの、ようやく見せた笑顔にほっとした。

「あ、そうだ。本当に圭兄にはこのことを言わないで下さいね。オレ、品行方正って思われているから親せき中が大騒ぎします。ゲイなんて知られたら、勘当《かんどう》を食らうかもしれないし」

「え？」

慎がはにかむような顔で口にしたそれに、さっと自分の顔が強ばるのがわかった。

「勘当って……まさか、そこまでは――」

「和良さん？」

慎がやけに冷静な目で自分を見ていることに、動揺していた郁弥は気付かなかった。まるで、実験を観察しているような鋭さが見え隠れしていたのに。

「勘当されますよ。だって、男が男を好きになるってヤバイじゃないですか」

それを口にする慎が、なぜ薄く笑っているように見えるのか。

「親というのは、息子に女性と結婚して、孫を生んでもらうのが一番の幸せと思っているんです。それから一八〇度も道を外れたような男同士の恋愛なんて反対するに決まっているじゃないですか」

そうだ、自分がわりと緩い家庭に育ってきたから一般的にゲイがあまり良くは思われないことをすっかり忘れていたのだ。

郁弥を引き取ってくれた秀也の両親はおおらかな人間で、「一番に愛してもらえる人と一緒になりなさい」とずっと言われ続けてきた。郁弥のことが一番だと言ってくれる新しい家族を自分の手で作りなさいと。それがたとえ世間で認められないような相手でも、郁弥を大切にしてくれる人だったら、自分達は歓迎するとも。

けれど、普通はそうじゃないのだ。

男の自分と付きあっているとバレたら、圭吾は家族と衝突《しょうとつ》してしまうかもしれない――……。

ここずっと浮かれていた気分が一気に地面にたたき落とされたような気がした。

「オレの親せきって実はけっこうお堅い職についている人間が多いんです。特に祖父なんて検察官のえらい人ですよ。あ、オレにとって祖父ってことは圭兄にとっては父に当たるんですけどね」

圭吾の父親が検察官とか初めて聞いた。いや、圭吾にしても郁弥に内緒にしていたわけではないだろうが、もしそんなことを初めに聞いていたら少し戸惑ったかもしれない。

「圭兄がパイロットになるって決めたときも大ゲンカして大変でしたよ。それまで、父親と同じ世界を目指していたみたいだから」

そこで、慎は思いついたというふうに郁弥の顔を覗き込んでくる。圭吾によく似た黒い瞳は、けれど圭吾とは似ても似つかぬ酷薄《こくはく》な光を瞬かせていた。

「そういえば、圭兄がパイロットになったのは和良さんがきっかけでしたよね。そういう意味でいうと和良さんって圭兄を惑わせるいわば――魔性《ましょう》の人ってことになりますね」

「慎、くん？」

今、ひどく追いつめられている気がした。

慎に対して、今までの礼儀正しい優等生ではなく、別の人格像が浮かび上がりそうになる。

「――なんて、最終的には圭兄が決めたことですから和良さんは関係ないか」

けれど、それが形作られる前に慎は冗談だとにっこり笑ってみせた。

「でも、まぁそんなんだから大変なんですよ、男が好きだなんてあの家で口にしたら。大騒ぎどころじゃないです。勘当ものです、おまえはこの家から出ていけって」

慎はいたって明るく話を締めくくったが、郁弥はさっきから頭がぐらぐらしていた。

パイロットに進路を変えたぐらいで大ゲンカをする家庭に育った圭吾が、男の郁弥と付きあっているなんて知られたら、本当に勘当されるのではないかと思わずにはいられない。

男同士で恋人というのは世間的にもあまり認められていないのはわかっていたが、郁弥の周りには同性愛の人間が少なからずいて、それを大して隠さないものが多かった。そのことに安心しているわけではなかったが、どこか気が緩んでいたのは確かだ。

圭吾も周囲に対して二人の関係をひた隠しにするようなそぶりもなかったから、今まで気にしたことはなかったけれど、改めて思い返すと本当にそうだったのか不安を覚えてしまう。実は圭吾自身が一番神経質でいたのかもしれないなんて思えてきてしまうのだ。

もちろん圭吾を信じている。圭吾の、自分への思いはそう簡単に揺らぐことのない確かなものだと信じているけれど、もし実際に家族と衝突してしまったら、圭吾も少しは考えてしまうのではないだろうか。

自分との別れについて——。

よしんば家族と衝突しても郁弥との関係を続けるということであれば、圭吾はどれほど傷つき、苦しむことになるのだろう。

そこまで考えて、郁弥はゾッとしてしまった。頭から血の気が下がりすぎて、こめかみ辺りがひどく痛んだ。

「和良さん、大丈夫ですか？　顔色が悪いですよ？」

慎が支えるように肩に腕を回してくる。

その力強さは、圭吾ととても似ていた。圭吾自身に支えられているような気がする。

「へ、平気……だから」

そう口では言いながらも、体はうまく反応していなかった。慎が、抱きしめるように腕を回してくれていなければ、床に倒れ込んでいたかもしれない。全身から力が抜け落ちたようだ。

「和良さん……」

心配するように、慎が前髪をかき分けて覗き込んでくる。近付いてくる黒い瞳をぼんやり見つめ返して——。

「……ぁ」

が、静かな空間を切り裂くように携帯の呼び出し音が鳴り響いた。その呼び出しメロディから恋人の圭吾だとわかった郁弥はぎくりとして振り返った。のろのろと慎を押しのけて、すぐ近くにあるカバンから携帯電話を取り出す。

「――出ないんですか」

たった今考えていた圭吾と話すことに躊躇して、呼び出し音が鳴りっぱなしの携帯をじっと見つめていたら、ひどく尖った声で慎に言われて肩を揺らした。

「あ、ごめん。うるさいよね」

立ち上がって寝室に移動し、ようやく通話ボタンを押した。

『郁弥さん？　すみません、今大丈夫ですか？』

圭吾の柔らかな声に喉の奥からこみ上げてくるものがあった。

「うん、大丈夫だよ」

それをとっさにこらえて言葉を紡ぐ。

『家庭教師はどんな感じですか？　慎が何か困らせたりしていませんか？』

どこか心配するような声に、本当に甥っ子を可愛がっているのだとようやく唇が緩む。

「慎くんは優秀だよ。困らせることなんてあるわけがない。それより、どうかした？　まだフライトだよね？」

『はい、すみません。今日の帰りが遅くなりそうなんです。今、メンテのため鹿児島で足止めを食らっています。電気系統のトラブルで部品交換が必要らしく……』

部品交換となると、確かに時間がかかりそうだ。

ある程度の部品は各空港に予備があるけれど、飛行機の全ての部品を地方空港に置いておけるわけがない。ゆえに、鹿児島空港よりは規模の大きい福岡空港からの陸送か、もしくは羽田空港から空輸で送ってもらうことになるだろう。

それから交換作業に取りかかったとしても――。

郁弥はつい自分が整備士になった気でシミュレートして、はじき出された圭吾の帰宅時間に眉を寄せる。しかも、確か圭吾は明日も朝からフライトだったはずだ。

それに――。

『だから、すみません。先に食事を済ませておいて頂けませんか』

「――いや、そういうことなら悪いけど、今日は帰らせてもらうよ」

今日は圭吾と普通に顔を合わせられない気がした。先ほど慎から聞いた、圭吾の家庭の事情が郁弥をひどく動揺させていた。

『あの、郁弥さん?』

驚いたような圭吾の声に郁弥の胸はじくりと痛む。

「けっこう帰りが遅くなりそうだから、圭吾にはゆっくりして欲しいんだ。明日も君は仕事なんだからね」

『――郁弥さんと一緒の方がぼくにとっては休養になると言ってもですか?』

圭吾の声が少し寂しげに聞こえる。

「ごめん」

それでも、郁弥はそうとしか言えなかったが。

『……何か、ありましたか?』

「ううん、何もないよ。少し研修で面倒な課題を持ち帰っているせいもあるかな。集中してやりたいんだ」

『そうですか。わかりました、残念ですけど今日は我慢します』

しばし何かを考えるように黙っていたけれど、その後は聞き分けがよすぎるくらいあっさり引いて圭吾は会話を切り上げた。

通話を終わらせて郁弥はため息をつく。

動揺が大きすぎて今は圭吾と冷静に話ができない気がしているが、この先もう少し落ち着いても、果たして以前のように穏やかに会えるだろうかと不安になる。

けれどそんな波立つ心を抑えつけるように、何度も胸をこぶしで叩いて深呼吸を繰り返す。

リビングから物音が聞こえたせいだ。

今は慎の家庭教師の時間だ。他のことを考えるのはやめよう。

そう自分に言い聞かせ、郁弥は慎の待つリビングへと戻っていった。

「全部好きにしたらいいっておれは言ってんのに、それでまた怒られるんだぜ。式にかける女の情熱って、ありゃ何なんだろうな」

人の行き交う羽田空港のカフェで、郁弥の前で大きなため息をついているのは郁弥の従兄である秀也だ。

早朝から日本中を飛んで仕事を終えた秀也は、これから婚約者と会うために珍しくスーツなんか着ていた。体格のいい秀也が遊びを取り入れたスーツを着ていると、その見かけのよさと泰然《たいぜん》とした雰囲気とで、どこかの人気舞台俳優のように見える。

周囲の人間もそう思っているのか、先ほどから大いに耳目《じもく》を集めていた。

「それは秀也兄さんが悪いですよ。結婚式って、女性にとっては特別だっていうじゃないですか」

「何だよ、ずいぶんわかったふうに言うじゃないか」

むっとしたように視線を寄越してくる年上の従兄に、郁弥は苦笑する。

昔から秀也の周りには大勢の人間が集まってきた。かっこよくて、おおらかで、懐《ふところ》の深い秀也は男女を問わず人気者だったけれど、郁弥にとってもずっと憧れの兄だった。そんな従兄が無条件に郁弥を溺愛《できあい》するのだから、郁弥も一時は自分の全てが秀也を中心に回るくらい傾倒《けいとう》していたほどだ。

「――おい、それにしても三ツ谷くんは少し遅いんじゃないか？　きっとフライトが遅れてんだぞ。これはおれと一緒にメシを食いに行けという暗示じゃないか」

秀也はそう言いながらも、郁弥に仲の良い人間ができたことを喜んでいるふうに笑っていた。

「だいたい久しぶりに会うというのに、兄のおれではなくコックピットでナンパするような邪《よこしま》パイロットを優先するのは薄情だぞ」

もしかしたら、半分ほど拗ねているのかもしれないけれど……。

東京にいるならメシでもどうかと秀也から連絡が入ったのは、つい昨日の話だ。けれど秀也の言うとおり、今日は夕方から圭吾と約束していた。それならその前にお茶だけでもと、互いに仕事帰りの羽田空港で、こうして時間をもつことになったのである。

「今度は絶対付きあいますから、今日は赤池《あかいけ》さんと二人で楽しんできて下さい」

苦笑した郁弥に、秀也はそれでも気に入らないように鼻を鳴らした。

珍しく平日である木曜日の夕方に圭吾と待ちあわせているのは、連日入るラブコールに根負けしたからだ。先週末、慎から聞かされた思いもよらなかった恋人の家庭の事情につい気後れしてしまった郁弥は、その日の圭吾との逢瀬を取りやめた。が、それ以降、毎日のように会いたいとの連絡が押し寄せるようになった。

同じ東京という、少し足を延ばせば会える場所にいて、週末しか会わないのはつらいという圭吾の言葉はまさに郁弥の心の声でもあったけれど、今の自分はその言葉に喜び勇んで出かけていくほど心穏やかではなかった。

圭吾が男の自分と付きあうがゆえに、家族と仲を違《たが》えてしまうかもしれない。いや、それ以上のことだってありえる……？

そんな話を聞かされて数日。幾分冷静になれた今でも、いや冷静になった今だからこそ、自分がこのまま圭吾と恋人でいていいのかと思うようになっていた。

圭吾が厳しい家庭に生まれ育ったと言われれば、確かに品行方正でどこか坊っちゃんめいた上品さがあった。歪《ゆが》みを感じない真っ直ぐなところは、厳しいながらも愛されて育ってきた証拠《しょうこ》のように思える。

そんな大切な家族と衝突して、圭吾はどれほど苦しむのだろう。

圭吾が味わうかもしれない苦しみを思うと郁弥は胸が締め上げられるような気がした。

圭吾を苦しませたくない――。

それなら、圭吾が家族と衝突などする前に自分がどうにかしなければいけないのではと、郁弥はここ数日ずっと悩んでいた。

圭吾との付きあいはもう――……。

「郁弥。おまえ、やはりサンドウィッチのひとつでも頼め。顔色が悪すぎるぞ」

声に気付いて顔を上げると、秀也の手が郁弥の顔を上向かせるよう前髪を梳《す》き上げていく。

「秀也兄さん……」

秀也にとって郁弥はいつまでも小さな弟のままで、昔はそれを歯がゆく思った時期もあったけれど、相変わらず人目もはばからず構い倒す秀也に、今は少し困惑した。こんなことをするから、秀也の歴代の彼女達から郁弥とどっちが大事なのかと詰め寄られたりするのだ。今の秀也の婚約者はそんな二人に微笑んでくれるが。

「少し痩《や》せただろ？　そんなに研修がきついか？　おまえは根《こん》をつめるほうだからな」

心配げな兄の眼差しに、今の秀也の手を押しのけたことを少しだけ後悔した。同時に胸が温かくなる。

たまには、小さな弟のように心配され、優しくされるのも悪くないかもしれない。

「教官の有川《ありかわ》さんも言っていたぞ、今回の研修で集めたのは逸材《いつざい》ばかりだから鍛《きた》えがいがあるって。あの人が厳しいのは有名だからな。そんな有川さんからおまえが褒められるのを聞くとおれも鼻が高いけど、ムリはして欲しくない」

人好きする秀也は会社でもいろんなところに知り合いが多く、今回の研修で郁弥に教えている教官も飲み仲間らしい。実際、郁弥が東京に研修に来ていることもその有川から聞かされて知ったから、さっきから薄情だと責められていたのだ。郁弥としては、結婚を控えて準備が忙しい秀也に悪いと思って遠慮していたのだけど。

「ありがとう。でも、平気です。確かに楽ではないけど、皆おれと同じ条件で頑張《がんば》っているんだから。それに、研修自体も楽しいし」

笑みを浮かべて言うと、少しだけ秀也の表情も緩む。

「そうか。でも、今日は飲む前に少し食べておけ。野菜サンドぐらいだったら、飲むのに邪魔にはならんだろう？」

秀也がメニューに手を伸ばすのを、苦笑して見つめるだけにした。実際、このところ圭吾の件で食欲が落ちているのは本当だったが、今なら少し入りそうな気がした。心配してくれる秀也にも安心させたかった。

「食べきれなかったら秀也兄さんが食べて下さいよ」

そう言いながら一緒にメニューを覗き込んだとき、入り口付近から急にざわめく音が聞こえてきた。

「ぁ……」

視線を上げた郁弥の目に圭吾の姿が飛び込んでくる。郁弥との待ち合わせに駆けつけてきたのかと思いきや、圭吾はまだ制服のままだ。やはり、フライトが遅れていたらしい。

肩章のついた濃紺《のうこん》のジャケットをはおった長身の恋人の姿は、その端整でノーブルな容姿と相まって、カフェにいた大勢の人間の目を釘付けにしていた。

「おーお、何だありゃ。また派手《はで》なご登場だな」

秀也はニヤニヤとそんなことを口にしていたけれど。

「お疲れさまです、和良キャプテン。郁…和良さん」

「おう、お疲れ。今日は郁弥とメシを食いに行くんだってな。うまいもん、食わせてやれな？　こいつ、勉強のしすぎで体調を崩しかけているから」

「秀也兄さんっ」

前言撤回。やはりこの年になってまで小さな子供扱いは恥ずかしい。

「それでどうしたんだ？　まさかその格好でメシには行けんだろ」

「はい。それがフライトで少しトラブルがあったせいで、まだ帰れそうにないんです」

圭吾が申し訳なさそうに言うから、郁弥は笑みを浮かべた。

「いいよ、おれはここでのんびりしているから気にしないで」

そう言うと、圭吾はあきらかにほっとした顔になった。

「よかった、また帰ると――…いえ。それでは、何とか早めに帰れるようにしますから」

「ゆっくりでいいよ。ちゃんと待ってるから」

「何だったら来なくてもいいぞ。ちょうどおれとメシを食いに行こうと話してたところだ。な？　郁弥」

「和良キャプテン、それは勘弁して下さいよ」

圭吾が困ったふうに眉を下げるのを見て、少しだけ溜飲《りゅういん》が下がったらしい秀也が楽しそうに声を上げて笑う。郁弥は、圭吾と思ったより普通に話せたことにほっとしていた。

「へぇ、話には聞いたことがあったけど、思った以上にいいね」

圭吾にデートだと連れてこられたライブカフェを見回して感嘆の声を上げる。

予約していたという二階席から望むバンド演奏は郁弥の好みのものを選んでくれているようで、ホールいっぱいに迫力のあるサウンドを響かせていた。

平日の逢瀬は翌日も互いに仕事で、また仕事の特性上夜更《よふ》かしができないこともあり、食事をして帰るだけというありきたりなものではあったが、遠距離恋愛である二人にとっては、そんな些細《ささい》な時間も嬉しいものだ――本来なら。

そう、郁弥はここ数日胸に巣食っている不安のために、残念ながら心から楽しむことができないでいた。

「郁弥さんにそう言っていただけると嬉しいです」

圭吾も様子の違う郁弥には気付いているようだったが、あえて今は気付かないふりをしてくれている。

ことさら柔らかな笑みを浮かべる恋人に、胸が切なく疼いた。

圭吾が愛しい……。

郁弥が秀也に失恋して苦しんでいたとき、両手でそっとくるむように癒《いや》してくれた圭吾に、今度は自分こそが彼の力になりたいとずっと思っていたのだ。けれど圭吾の力になるどころか、自分が恋人にとって障害になるかもしれないだなんて――…。

考えれば考えるだけ心が冷えるような問題に、郁弥はグラスに口をつけるのを装ってそっと俯く。郁弥のためにと圭吾がセレクトして連れてきてくれたのに、楽しい顔ができない今の自分を見られたくなかった。

圭吾を傷つけたくない。苦しめたくない。

けれど、実際このままではいつか圭吾を傷つけ、苦しませることになるかもしれない。

それならばそうなる前に――圭吾と別れた方がいいのではないか。

「……っ」

くしゃりと歪みそうになる唇を、きつく噛むことでこらえた。

理性ではそれが一番いい方法だとわかっていた。が、心が拒絶するのだ。圭吾と別れるなど嫌だ、できないと悲鳴を上げる。

「郁弥さん……」

唇を噛んだ郁弥を、いつから見ていたのか圭吾がそっと呼びかけてくる。

「ぁ、ごめん……その、少し研修のことを考えていて」

とっさには笑顔さえ作ることができなくて、郁弥は手洗いだと言ってその場を逃げ出した。

評判のいい大人の遊び場はこんなレストルームにまで凝《こ》った意匠《いしょう》が施されていたが、今の郁弥の目には入らなかった。

幸い人がいなかったこともあり、深いため息をついて壁にもたれる。薄暗い照明の下、やけに青白い顔が鏡の中に映っていた。

家族に自分の存在を知られてしまったら、圭吾は本当にどうするだろう。

鏡の中の、少し寂しげな自分の顔を見ながら思った。

繊細な問題だけに、郁弥にも結果がどうなるのかわからなかった。郁弥を選んでくれるのか。家族を取り、自分は切り捨てられるのか。

こんな時、自分が年上でなかったら甘えられたのかもしれない。不安に思っていることを正直に口にして、自分を選んで欲しいと縋《すが》り付くことだってできるだろう。

けれど郁弥は、圭吾が好きだからとただそれだけで突っ走ることができなかった。いろいろと考えすぎて、つい立ち止まってしまう。

いや、こういうことは年上も年下も関係なく、郁弥自身の性格によるところが大きいのかもしれない。慎重で——慎重すぎて思い切ったことができない臆病者《おくびょうもの》だ。

分別《ふんべつ》があるということかもしれないが、と郁弥は悲しげに自嘲《じちょう》する。

その時、キィっと微かな音を立てて入り口の扉が開いた。

人が来たならと、緩慢《かんまん》な動きで体を起こしかけたが、姿を見せたのが圭吾でぎょっとする。

「郁弥さん……」

一瞬前の、まだ無防備に悩んでいた顔を見られたことに郁弥は気付いていた。事実、圭吾が唇を引き結んで郁弥を見下ろしてくる。

「郁弥さん、どうか教えて下さい。先週の、慎の家庭教師の日に何かあったんでしょう？　あいつが何か言ったんでしょう？　だから郁弥さんはそんな顔をしているんだ」

言っている自分の方こそが苦しげな、つらそうな顔をしている。

「だから、圭吾。本当に——…」

ごまかそうとしたが、圭吾の悲しげな眼差しにぶつかると言葉を途切らせてしまった。視線を逸らした郁弥に、優しい手が伸びてくる。きつく噛んだ唇を慰撫《いぶ》するように触れられた。

そんな甘やかすような圭吾の指に、喉の奥からこみ上げてくるものがあった。

圭吾を苦しめるかもしれない存在なのに、こんなに優しくされると何もかも忘れて抱きつきたくなる。大丈夫だと背中を叩いて欲しくなる。

「郁弥さん、何ですか？　言って下さい」

その問いに、郁弥は何度も首を振る。

しっかりしろと言い聞かせて、はりついたような喉を押し開き言葉を紡ぎ出そうとした。

「本当に、何…でもない。研修が——」

「郁弥さんっ」

けれど全ての言葉を言い終える前に、圭吾からきつく抱きしめられていた。

「どうしてっ。そんな顔をしなければいけない心の中を、どうしてぼくに見せてはくれないんですか？　郁弥さんを今苦しませているものは、ぼくには分けられないものですかっ」

圭吾の慟哭《どうこく》するような言葉とその強い抱擁《ほうよう》に、郁弥の張りつめさせていた糸はふつりと切れそうになった。

こんなに愛し、大切にしてくれる恋人を手放せるわけがない――っ。

苦しめるのがわかっていて、それでもこの腕を欲してしまうのだ。

「……っ…」

圭吾の背中へ回そうとした手を、けれど郁弥は、途中でぐっと握り締めた。

これほど大切にしてくれる圭吾を、自分こそが守らなくてどうすると思ってしまったのだ。

心にブレーキがかかった。

奥歯を噛みしめると、郁弥は圭吾の腕を優しく叩いた。それに呼応して、圭吾の抱擁が解《ほど》けていく。

「心配かけてごめん。本当に大丈夫だよ」

揺れる黒瞳を見つめながら、今度はしっかりとした口調で言ったのに、圭吾の瞳から翳《かげ》りは消えない。そっと瞼の下に隠してしまっただけだった。

「――わかりました、今はこれ以上聞きません。けれど、これだけは言っておきます。慎をあまり信用しすぎないで下さい。身内《みうち》の人間が言うのも何ですが、あいつは郁弥さんが思っているほどカワイイ性格はしていないんですから」

「圭吾……？」

「慎が郁弥さんを珍しく気に入っているから心配なんです。頭が回る人間だから、あまり郁弥さんと二人きりにしたくなかった。案《あん》の定《じょう》――」

圭吾が悔《くや》しげに唇を噛む姿に郁弥は慌てる。

慎が原因ではないのだ。彼自身には何の問題もない。

「いっそのこと、もう家庭教師なんてやめませんか？」

「圭吾、違うんだ。慎くんは関係ない。それに、家庭教師はやめないよ。色々と心配してくれてありがとう。それと、ごめん。せっかく誘ってくれたのに疲れた顔をしてしまって」

「……いえ、それはいいんです」

圭吾は少しだけもどかしそうに郁弥を見つめたが、それでも首を振って話を終わらせた。

しばし沈黙《ちんもく》してしまったが、ライブステージからのわっと盛り上がる拍手《はくしゅ》が遠く聞こえてきたのを機に、圭吾が顔を上げた。

「こんなところにいつまでもいるのはもったいないですね。もう一杯だけ飲みましょう。時間はまだ大丈夫ですよね？」

ことさら明るく話しかけてくる圭吾に、郁弥もできるだけ口角を引き上げるように努力する。

「うん、大丈夫。行こうか」

その言葉に圭吾はドアへと歩きかけたが、途中で振り返ると郁弥の肩を抱き顔を寄せてくる。

郁弥の唇に自分のそれを触れあわせると、軽く吸ってきた。

まるで、郁弥の心の中にある苦しみを奪い取れたらいいのにという圭吾の思いが伝わってくるような、優しく切ないキスだった。


二回目の慎の家庭教師の日は、朝から雨が降り続いていた。

ここ数日の郁弥の心を現しているような空を覆う暗雲《あんうん》に、気も滅入《めい》るような気がする。

「あまり進んでいないようだけど、どうかした?」

慎も今日はどこか落ち着かない様子で、休憩を挟んでみたけれど集中は戻らなかった。他に何かひどく気になっていることがあるみたいだ。

「——すみません」

本人も自覚しているようで、申し訳なさそうに項垂《うなだ》れるから心配になる。

「何かあった?」

慎にしてみれば受験生でもあるし、何かと悩みも多いのだろう。

郁弥が聞くと、慎は気まずげに視線を逸らす。

その様子に、あまり突っ込むのもうっとうしがられるかと戸惑ったとき、慎が顔を上げた。

引こうか引くまいかと逡巡したまさにその時で、あまりのタイミングのよさに郁弥はびっくりしたが、すぐに慎の決意を促《うなが》すように静かにその瞳を見つめ返す。

一方で、慎は人の感情の機微《きび》に聡《さと》いのかもしれないとぼんやり思った。

「休憩ってことでいいですか」

「勉強には関係ないってことだね」

ペンを投げ出す慎に、郁弥は頷いた。慎はしばし迷っているふうに唇を動かしていたけれど、郁弥をちらりと見て覚悟を決めたみたいに口を開く。

「和良さんは、今彼女はいるんですか？」

その言葉に、慎の悩みが恋愛問題だとようやくわかった。

「彼女……は、いないかな」

「そうなんだ、恋人はいないんですね」

慎がふっと小さく笑みを浮かべたように見えて、郁弥は顔を上げる。

「いや、恋人は――……」

慎の言い直した言葉に語弊《ごへい》を感じた郁弥は思わず否定しようとしたが。

「え？　彼女はいないんですよね？」

重ねて聞かれて、その問いには頷かずにはいられなかった。

恋人は女性ではなく男性だ。しかも、慎には一番知られたくない圭吾が相手である。少しでもバレる可能性がある線は断ち切っておいた方がいい。

「よかった。和良さんに恋人がいたらお願いしづらいなって思ったんです」

「お願い？　何だろう。いいよ、言ってみて」

ちらりと上目遣いに見上げてくるところは、どこか甘えた弟のような顔で、郁弥も自分ができることなら何でもしてあげたいとつい思ってしまう。

「和良さんには先週話しましたよね？　オレ、好きな人がいるって」

「うん、聞いたね」

「それで、その人って、オレよりずいぶん年上で――」

慎はそこで大きなため息をつく。

「オレ、恋愛経験がほとんどなくて、その…実体験もあまりないんですよね」

「実体験って……？」

ぼかした言い方が何を指しているのかわからず首を傾《かし》げると、慎は困ったように俯いた。

「キス、とか色々……です」

「あっ」

慎に言われてようやくそれがわかった郁弥は耳まで顔を赤く染めた。

「女の子と付きあうのが面倒だったからこれまでほとんど経験なく来たんですけど、まさか男の人を好きになるなんて思わなくて。で、相手がずいぶんぼんやりした人だから、こっちから押してみようかなと思っているんです。でも、たとえば押し倒すにしたって経験もほとんどなくて、うまくいくかなって」

慎は吹っ切れたのかつらつらとしゃべっていたが、郁弥は妙に恥ずかしくて手に汗をかいてしまう。しかも、男相手に押し倒してみようとか何のためらいもなく口にするのを聞くと、慎との年齢の違いを感じて頭がくらくらした。

そして、慎の目がそんなまごつく郁弥を楽しんでいるようにキラキラ光って見えるのは、郁弥の被害妄想か。

「だから、お願いしたいんです。和良さんに、その手ほどきを」

「えっ」

ようやく郁弥にもわかる話になったけれど、その内容にはぎょっとする。

しかし、慎は本気でそれを言っていることを証明するように、二人の間にあったテーブルを横にずらして郁弥の前に座った。

「和良さんが今付きあっている人がいないって聞いたから、言う勇気が出ました。練習をさせてもらえませんか？　いえ、練習なんて言い方は失礼ですよね。教えて頂きたいんです。和良さんみたいにすごく年上の人だから、大人の男の人にどんなふうに接したらいいのか、オレにはよくわからなくて」

「え、いや、慎くん――？」

「オレのこと、嫌いですか？」

慎がぐっと身を乗り出してくる。

「嫌いじゃないよ。でも、練習なんてそんな……。っあ、それに、慎くんは言っていたじゃないか、家が厳しくて男の人が好きだって知られたら勘当させられるかもしれないって。こういうのって、マズイよね？」

「マズイって、だってもう男の人が好きなんですからどうしようもありません。知られなきゃいいんです。その辺はうまくやります」

「でも――っ」

のしかかるくらい体を寄せてくる慎を、郁弥はのけぞるようにしてようやく止めた。

「慎くん、悪いけどおれは君の好きな人の練習台にはなれないよ。おれに、その…彼女はいないけれど好きな人はいるんだ。とても大切な人が。だからその人を裏切るなんてできない」

慎は郁弥の膝のすぐ近くに手をついた格好のまま、じっと見つめてくる。

「慎くんもその人が本当に好きなら、他の人を練習台になんかしてはダメだ。その人が悲しむんじゃないかな。おれだったらとても悲しいと思うよ」

思いが伝わるようにとじっと慎を見つめて言ったけれど、次の瞬間、慎ははあっと大きなため息をついた。

「――どこで失敗したんだろ、オレ」

その声音《こわね》が全然違っていた。

「弟キャラだったら絶対うまくいくと思ったんだけど、やっぱり和良さんの性格が思った以上に真面目だったのが敗因かな。でも、その真面目なところもいいと思っちゃうからオレも焼きが回ったよな」

やけにふてぶてしい男の声に、郁弥は唖然《あぜん》とする。

気のせいか、表情まで変わっていた。ついさっきまでの優等生然とした行儀の良さがすっかり抜け落ち、どこか生意気そうな人を食った顔をしている。

「もう少しゆっくり攻めれば何とかなったと思うんだけど、そうのんびりもできなかったんだよね、圭兄にこんなに早くバレるとは思わなかった」

「あの、慎くん？」

今までの年下らしい雰囲気ではなく、アクの強い甘めの顔立ちにふさわしい色香を漂わせる慎の姿に、郁弥は急に彼が見知らぬ人のように思えて怖くなった。口にする言葉のほとんどが、郁弥に理解できないものだったのも大きい。

「ということで、手段を選ばず奪うことにしましたから」

慎の手が肩にかかったかと思うと、郁弥は絨毯《じゅうたん》の上に押し倒されていた。

「ちょっ……、慎くんっ」

「オレに抱かれて下さい、和良さん」

気付いたときには、腰の辺りをホールドするように慎に乗りかかられていた。

「慎くん、ふざけるのはやめてくれ。どいてくれないか」

仕事柄、それなりに力はある方だと思っていたのに、のしかかる慎を押しのけることはできなかった。そうなると、とたんに背中がひやりとする。

見下ろしてくる慎が、欲情する男の顔をしていたからだ。

「冗談でしょ、せっかくの機会を逃すほどオレはバカじゃありません。オレ、あの博覧会で和良さんに一目惚れしたんですよね。元々年上好みではあったけど、あなたのキレイな顔にノックアウトされたんです。いわば、オレって被害者なんですよ」

のうのうとそんなことを言いながら、郁弥の腰からベルトを強引に引き抜く。

「やめてくれっ、今まで君が言っていたことは嘘《うそ》だったのか？　男に手を出すなんてと悩んでいたじゃないかっ」

「半分は本当ですよ。オレが好きになったのはあなただ。好きだってことに気付きもしない、ずいぶんぼんやりとした年上のお兄さん、ほら、オレが言ったとおりでしょ？」

抵抗しようとする郁弥の手を、そのベルトで手早くまとめて縛《しば》り上げてしまった。幅広の革だが、手首にきつく食いこむ痛みに郁弥は眉をしかめる。

「慎くんっ」

声が震えるのをもう止められなかった。

「あ、でも経験がないっていうのは嘘です。だからそっちの心配はしなくていいですよ、オレってけっこう上手《うま》いらしいですから、和良さんも楽しませてあげられると思います」

話しながら、慎の手がシャツにかかる。

「やめ――…っ」

抵抗をやめない郁弥をまるで痛めつけるように、慎が唇に笑みを浮かべてシャツの前立てをムリに開けた。生地が引き裂かれる音がしてボタンがはじけ飛ぶ。

「キレイな肌、吸いつくようだ」

上半身が慎の視線の前にさらされて、郁弥はぎゅっと目を瞑った。

ずっと弟のように思っていた慎からこんな仕打ちをされるとは思ってもいなかった。裏切られたという以上に、まだ信じられない気持ちの方が強い。

いつか冗談だと言ってやめてくれると思っていたのに、慎の行為には一切のためらいがなく、郁弥もだんだん恐ろしくなっていく。このまま、本当に抱かれてしまうかもしれない、と。

「いい加減に抵抗はやめて下さい。和良さんはオレに抱かれるしかないんですよ」

郁弥がベルトで縛られた腕を振り上げて慎の顎をかすったとき、ようやく苛立ったように表情を変えた。それを見て現状を打開できるかと期待した郁弥だが、慎の口から出た言葉はさらに窮地《きゅうち》へと追い込むものだった。

「オレは知っているんですよ、圭兄とのこと」

「え、圭……？」

「あなたと圭兄が恋人同士だって、オレは最初から気付いていているんです」

はっと郁弥は息をのむ。ぎくしゃくと見上げると、視線を合わせた慎は形のよい唇をゆっくり引き上げた。

「やっぱり、この作戦だと和良さんの反応がいい」

チェシャ猫のようにニヤリと笑った慎が抵抗を忘れた郁弥の腕を布きれと化したシャツでもう一度縛り上げると、近くのソファの足に結びつけ、一切の抵抗を封じてしまった。

「そんなに圭兄が大事ですか？　圭兄と付きあっていること、必死でオレに隠してましたよね。でも出会った最初に和良さんは呼んだじゃないですか、オレに向かって『圭吾』って。あんな切なくて必死な声で呼ばれたらわかっちゃいますよ。それに二人の甘々《あまあま》な会話も盗み聞きしましたからね」

慎の冷たい手が首筋に触れて体をすくませる。

無意識にその手を払おうとしたけれど、

「圭兄とあなたの関係、誰かにバラしてもいいんですか？」

その言葉に郁弥の心臓は一瞬止まった。

「あぁ、そんな泣きそうな顔をしないで下さい。もっといじめたくなるじゃないですか」

ひんやりとした手の甲で頬のラインをまるでいたぶるように撫でられ、体に寒気《さむけ》が走る。その震えに気付いたらしい慎が、楽しそうに唇を歪めた。

「嘘ですよ。和良さんってオレより年上なのに本当に純粋だな。圭兄と優しいエッチしかしてないんでしょ？　たまにはいじめられる楽しみを覚えたらどうですか？　オレ、どっちかっていうとそっちの方が得意なんですよね」

喉をそらすように慎の手が郁弥の顎を動かすと、唇が近付いてくる。

「やめ……っ」

「オレ、じいさんっ子なんですよ。オレにとってじいさんってことは、もちろん圭兄の父親です。明日、ちょうど会う約束してるんですよね」

顔を近付ける途中で方向を変え、慎は耳元でまるで睦言《むつごと》を囁くようにそれを言った。郁弥の体から抵抗する力が抜け落ちていく。

「圭兄の父親って、本当に怖いんですよ。圭兄とあなたのことを知ったら、きっとその場で殴り飛ばされるでしょうね」

いつだって自分を慕ってくれていた可愛い慎の姿はもうどこにもいない。いるのは、圭吾との関係を盾《たて》に体を強要してくる脅迫者《きょうはくしゃ》だ。

「あ、でもオレは初孫だからずいぶん可愛がられているんですよ」

慎の前にさらした首筋を、ぞろりと舌が這《は》う。

「……っ」

ざっと嫌悪《けんお》で肌があわ立つが、慎はそれをも楽しむように首筋に唇を這わす。

「圭兄には内緒にしてあげます。でも、最終的にはオレのものになって欲しいな」

「痛っ」

慎の唇は肌を吸う動きに変わり、圭吾に内緒にすると口にしながらも肌に痕《あと》をつける行為を楽しんでいるようにしか思えない。冷たい手のひらは郁弥の胸の辺りをさまよっている。

「それに、オレは圭兄に似ているんだから、あまり抵抗はないんじゃないかな。圭兄に抱かれてると思えばいいんですよ。最初のうちはね」

うなじに噛みつかれて、郁弥はとうとう声を上げた。

「やっぱり、だめ…だっ」

どんなに圭吾に似ていても、慎は圭吾ではない。圭吾にはなりえない。

肌の上を蠢《うごめ》く唇は圭吾のものではない――それだけで、郁弥は我慢ができなかった。嫌悪で体中が震えた。

「慎くん、やめてくれっ。こんなの、おれはムリだ――…」

「もう遅いですよ」

郁弥の抵抗はほとんど功を奏《そう》さなかった。両腕はソファにつながれ、腰の上には慎が動きを封じるようにのしかかっている。

「今日は圭兄の帰りも夜遅いし、もう観念して下さい。どうせ抱かれるなら楽しんだ方がいいでしょ。おれも今日は優しくしますから」

慎の手がジーンズに伸びて郁弥は焦った。

「やめろっ、やめてくれ……っ」

「っつ、抵抗されるのもなかなか燃えるなぁ」

「あっ」

肩先に噛みつかれて体をすくませる。

どうしよう。本当にこのまま慎に抱かれてしまうかもしれない。

「っ、く……うっ」

とうとう慎の手が下着の中に潜《もぐ》ってきて郁弥は悲鳴を上げた。涙がにじんでくる。

「いやだ、圭…圭吾——っ」

「——っこの、バカッ」

突然、びりびりと窓ガラスが震えるような怒号《どごう》が落ちてきたかと思ったら、郁弥の上にいた慎が吹き飛んでいた。

「……え」

重みがなくなり、郁弥はゆっくりと顔を上げる。目の前に、制服の後ろ姿があった。

「圭……」

肩を怒《いか》らせ、郁弥を守るようにその広い背を見せていたのはまさしく恋人の圭吾だった。

郁弥のあえかな声を聞いたのか、圭吾が勢いよく振り返ってくる。強ばった顔で郁弥の全身をざっと見下ろした。

その視線の強さに郁弥ははっと自分の今の状況を思い出していた。

引き裂かれたシャツとベルトで腕を拘束され、ジーンズの前は開かれている。おそらくはだけた肌には慎の愛撫の痕が残っているだろう。

そんな汚れた体を恋人の目にさらしていることに青ざめる。

逃げるように背中を向け、体を縮めようとした、が。

「無事でよかった……っ」

圭吾の振り絞るような声と共に強く抱きしめられていた。

「圭吾……」

甥《おい》とはいえ他の男に触れられていた郁弥の姿を見ても無条件で抱きしめてくれたことが信じられなくて声が擦れた。同時にその温かな腕に、もう大丈夫なのだという安堵感がわっと押し寄せてきて、一度止まった涙がまた浮かんでくる。

制服の胸に、郁弥はその感触を確かめるために何度も額をこすりつけた。

「——寝室へ行きましょう。少し休んで下さい」

つながれていた腕を自由にしてもらい、肌を隠すように圭吾の着ていたジャケットを肩にかけてもらった。別室へと促すように背中に手を回されたが、郁弥はそれには首を振る。

「おれはもう大丈夫だから。ここでいい」

自分のいない場所でどういう会話が交わされるかわからない方が郁弥には不安だった。慎に対してまだ多くの不安要素があったからだ。それに、圭吾が隣にいてくれたらもう怖いものなど何もないのだから。

郁弥の声を聞いて、それが落ち着いたものであるのにほっとしたように表情を緩めた圭吾は、両手で包んでくれていた手をもう一度ぎゅっと握り締めた。そしてすぐに立ち上がり、峻烈《しゅんれつ》な態度で慎と向き合う。

「慎、郁弥さんを傷つけるような真似は許さないと、ぼくは昨日言ったはずだな？　なのに、これはいったいどういうつもりだ」

「どうもこうも、一目惚れした相手が目の前にいたら手を出さなきゃ男じゃないでしょ」

「慎っ」

ふてくされたように絨毯に手足を投げ出して座っていた慎の、ふてぶてしいほどの発言に圭吾が気色《けしき》ばむ。そんな慎の頬が赤く腫《は》れているのは、先ほど郁弥から引きはがすときに圭吾が殴ったせいか。

やけに板についた慎の悪ぶった態度に、郁弥は今さらながらに驚いていた。しかし思い出してみれば、以前圭吾から慎については何度となく忠告を受けていたのだ。カワイイ性格をしていないから気をつけろ、と。

圭吾の身内ゆえの発言だと本気にしなかった自分に歯嚙《はが》みしたい。

「それより圭兄の方こそどうしたんだよ。今日は夜まで仕事だったはずだろ？　まさか途中で飛行機を乗り捨ててきたなんて言わないよね？」

「そこまで知った上でってわけか。おまえって本当にどこまでも……」

「そりゃ、どうせやるなら完全犯罪でしょ。絶対モノにしたかったからオレも久しぶりに本気になったんだよ、ま、失敗したけどね」

「おまえがそんな油断ならないヤツだって知っているから慌てて帰ってきたんだよ。よかったよ、今日のフライトを他の人に代わってもらって」

その言葉にようやく今ここに圭吾がいるわけを知った。慎は舌打ちをしていたけれど。

「もういい、今日はもう帰れ。それからわかっていると思うが、郁弥さんには今後一切会うことは禁じるからな」

「えぇー、そりゃないよ。圭兄に、オレと和良さんの交遊をどうこうする権利はないでしょ。ねぇ、和良《ご》さん」

この期に及んでにっこり笑いかけてくる慎に、郁弥は呆《あき》れる。けれど、その言葉を真っ向から否定することも郁弥にはできなかった。

圭吾が男である自分と付きあっているという事実を、慎は今後どうするつもりか。

「郁弥さん……？」

そんな郁弥の態度に、圭吾が怪訝《けげん》そうに振り返ってきた。

けれど唇を引き絞る郁弥の顔に何かを見たのか、眦をつり上げるとまた慎に向き直った。

「そうだ、おまえはまだぼくに隠していることがあるんだ。昨日聞いたときはのらりくらりと躱されたけど、今日ばかりは許さないから。絶対吐いてもらうよ。郁弥さんを脅《おど》したんじゃないだろうな。郁弥さんに何を言った？　何を隠している」

そんな圭吾に郁弥は胸を熱くする。

圭吾に言えなくて、ここずっと思い悩んでいた圭吾の家族の一件は、その問題が繊細なものだけに郁弥は音《ね》を上げそうだった。

そんな郁弥を、圭吾は問いつめることはせずにどこまでも信じ、見守っていてくれた。

そうして救おうともしてくれたのだ。今の会話から、圭吾が昨日慎に連絡を取ったことがわかったが、それは郁弥の様子がおかしいことを慎という違う方面から探ろうとしたためだろう。

慎の油断ならない性格を知っている圭吾だから、郁弥の件には慎がかかわっているのではと厳しく問いつめたことが今の二人の様子から伝わってくる。

「ちぇ、もうひと揉めぐらい起こせるかなって思ったけどムリだったか」

「慎っ」

「わかったよ、言えばいいんだろ。少し揺さぶってみたんだよ、うちはゲイだって家族親類にばれたら勘当ものの厳しい家だって」

口を割った慎の頭上に圭吾のげんこつが落ちる。

「ってぇ、正直に言ったのに何で殴るんだよ、もういいだろ」

「もういいだろ、じゃないっ。おまえのしたことは人として最低のことだって全然わかっていないじゃないか。郁弥さんの誠実なところを逆手《さかて》に取って、そんな脅すような真似っ」

相当憤《いきどお》っているのか、圭吾の声がひどく尖っている。

「わかった、わかったって、オレが悪かったです。もうしません、これでいい？」

「ぼくに謝ってどうするんだ。郁弥さんに頭を下げろ」

「あー、そうだった。オレも圭兄には頭を下げたくないなぁって思っていたところ。和良さん、ごめんね、脅して襲うようなことをして」

しおらしく頭を下げてくる慎に、郁弥は怒っていいのかどうかわからなくなる。

さっきまで郁弥を組み伏せ、人を食った顔を見せていた慎なのに、いざこうして反省した表情で見上げられると許してしまいそうになる。不敵な態度なのに、どこか憎めない慎なのだ。

「二度と同じことをしないでくれれば、もういいよ」

だから、それだけを言って終わりにすることにした。

「顔を見せるなって言われると思った……」

慎は驚いたようにぽつりとそんなことを口にする。けれどすぐにわっと笑顔を見せて郁弥を見上げてきた。

「やっぱり好きだなぁ、簡単に諦めたくない。ま、いいか。ここがスタートラインとしてまた頑張ろう。いいよね、和良さん」

圭吾と似た、しかし圭吾にはなりえないアクの強い顔に、ジゴロのようなどこか悪ぶった甘い笑顔は慎にとても似合っていた。こんな魅力的な顔を最初から見せていれば自分も少しは警戒していたかもと郁弥はこっそり思う。

「何を言ってる、慎っ」

けれど圭吾がそんなことを言わせたまま許しておくはずもなく、後ろから慎の首根っこを持ち上げると玄関へと引っ張っていく。

「え、あの、そんな乱暴な……」

見る者が見たら兄弟ゲンカのようでもあり、二人にとってはこれも激しいスキンシップというものなのかと、郁弥も腰を上げかけたまま二人を見送った。

「——圭兄に飽きたらオレに言って？　いつでも駆けつけるから」

最後にリビングを出る際、慎はそんなことを言い置いて、圭吾からまた頭を小突かれていたようだ。

しばらくして帰ってきた圭吾はひどく疲れているように見えた。

「はぁ、何なんだ、あいつは。まったく」

それはそうだろう。仕事から帰ってきたら、あの状況だったのだ。もちろん郁弥の本意ではなかったとはいえ、圭吾からしてみればショックだったに違いない。その相手が圭吾も可愛がってきた慎なのだからショックは倍増かもしれない。

「ごめん、圭吾はずっと警告してくれていたのに、おれがまったく本気にせずこんな事態を引き起こしてしまって」

体を包む大きな圭吾のジャケットを握り締めながら謝罪の言葉を口にする。

「いえ、郁弥さんは悪くありませんよ。全てあいつが悪いんです。慎も珍しく本気になっていたみたいだから、全力で郁弥さんを落とそうとしていたんでしょう。頭がいいから悪知恵もよく働くあいつに本気で仕掛けられるだなんて、ぼくでも敬遠したいくらいです」

圭吾の嫌そうな口調に思わず笑みがこぼれた。

「――でも、二度目はないです。ぼくがさせません」

「うん、おれも気をつける」

心強いその言葉に郁弥も自分に言い聞かせるように心に誓う。

「でも、もう少し早く帰ってくればよかった。そうすれば、郁弥さんをもっと早く助けることができたのに」

聞けば、今から釧路《くしろ》空港まで一往復の予定だったそうだ。しかし、朝からずっと濃霧《のうむ》が続いている釧路空港へは高精度の着陸誘導装置の使用が必要だったらしいのだが、圭吾はまだその資格をもっていないため、フライトを他の有資格パイロットとチェンジしたらしい。圭吾自身、郁弥と慎の様子がずっと気になっていたこともあり、フライトが取りやめになったのをいいことに、制服も着替えずにタクシーに飛び乗り帰ってきたのだという。

本来だったら圭吾はまだ勤務時間内のため空港でスタンバイしていなければいけなかったのではと思わなくはないが、圭吾が口には出さなかったから郁弥も何も聞かなかった。

「郁弥さん」

圭吾が隣に座ってそっと体を抱き寄せてくる。心までをも覆うような優しい抱擁に、郁弥も体の力を抜いてもたれかかった。

「郁弥さんがここずっと苦しまれていたのはぼくの家族のことだったんですね。慎から聞かされて、厳しい家だからぼくが勘当されるとか、悩んでいたんでしょう？」

背中をそっと撫でながら圭吾が口にしたそれに、思わず息をのんだ。圭吾は、そんな郁弥に心配しないでいいのだと伝えるように優しいキスをこめかみに押し当ててくる。

「ぼくの家は確かに厳しいですが、ちゃんと話をしたら、わかってくれないほど融通《ゆうずう》の利《き》かない家ではありません」

その言葉にはっと郁弥が顔を上げると、宥めるように圭吾が微笑みを浮かべた。

「あなたとのことを言わなければいけないときが来たら、迷わず口にする覚悟はあります。郁弥さんとだったら乗り越えられると信じていますから」

「圭吾……」

その言葉がとても嬉しかった。それが心からのものだと伝わってくるだけに、圭吾の気持ちをそのまま受け取ったような気になる。

圭吾の中で、自分がとても大切にされているのがわかって涙さえ浮かんできそうだ。

圭吾を信じていた。いや、信じているつもりだった。けれど、今回の問題を圭吾と二人で乗り越えようとはせずに自分だけで解決しようとしてしまった郁弥は、結局は圭吾を信じていなかったのだと気付いた。

圭吾を苦しめたくないからと、傷つけることを恐れて別れを決意してしまったり、今日のように圭吾を守るために他の男に抱かれるようなことをしてしまったら、結果そのことが一番圭吾を傷つけるのだと、ようやくわかった。

自分が間違っていた……。

これじゃ、どっちが年上かわからない。

郁弥は泣き笑いが浮かんだ顔を隠すように圭吾の腕に押しつける。

「まさか、家族に知られたらぼくがあなたを切り捨てるかもしれないなんてことは、考えなかったですよね?」

圭吾に凄《すご》みのある声で言われて、郁弥はぐっと奥歯を噛みしめる。

そうだ。少しでもそんなことを考えた自分は圭吾を愚弄《ぐろう》したことと同等なのだ。自分がことごとく圭吾を見くびっていたことが恥ずかしくなる。

それでも、全てを許すように強ばらせた肩に優しく触れてくる腕があって、郁弥は今度こそそれに甘えた。凝った心ごと、じんわり解きほぐされていくのを感じた。

しかし気持ちが落ち着いてくると、急にさっき慎に触れられた感触が気持ち悪くなる。まだ肌の上に残っている感じがしてムズムズする。

「……ぁ、と、そうだ。お茶でも入れましょうか。今日は思いがけず時間が取れましたから、どこか出かけてもいいですね」

けれど、二人の間に穏やかな空気が戻ってくると、圭吾はにわかにそわそわし出した。そっと、さりげなく郁弥と体を離し、ソファから立ち上がろうとする。けれど郁弥は温もりが離れていくのが不安で、急いで腕を摑んだ。

「どこにも行かなくていいよ。圭吾と一緒に、いたい……」

それに、圭吾は「わかりました」と小さく返事をしてまたソファに腰かけたけれど、その動きはどこかぎくしゃくとしておかしかった。郁弥を腕に抱いても、その腕は強ばっている。

「圭吾？」

「すみません、あの、やっぱり今は郁弥さんの傍に寄るのは危険かもしれません」

郁弥が訝しい顔を向けたとき、観念したとばかりにひどく弱々しい声を返してきた。

「郁弥さんが慎に――他の男に触れられたと、実はさっきからすごく獰猛《どうもう》な気持ちが止められないんです。今すぐにでもあなたを乱暴に抱きつぶしたくなる。郁弥さんは被害者だっていうのに、あいつにひどいことをされたっていうのに、ぼくはそれ以上のもっとひどいことをしてしまいそうで、自分自身が怖い……」

圭吾の声は確かに何かを抑えつけるように低く掠れていた。

けれど、そんな圭吾に郁弥は胸が震えるほど歓喜した。他の男が触れた体にはもう触りたくないのかと一瞬思ったりしたからよけいに嬉しい。

「いいよ。乱暴でもいい、圭吾の好きにしていいから。おれも今は圭吾に触れてもらいたい」

「そんなことを言わないで下さい。本当にダメなんですっ」

圭吾が慌てたように郁弥を抱く手を放した。けれど体が離れたことで見えたらしい郁弥の上半身にぎゅっと目を瞑る。さらには顔を背《そむ》けて、郁弥の肩にかけた自分のジャケットの前を、肌が見えないように執拗に合わせようとする。

「許して下さい。今あなたの肌に触れたら、ぼくはあなたを抱き殺してしまうかもしれない。それくらいぼくはあなたに狂っているんだ。あなたの肌という肌に噛み痕をつけてしまう。あなたの気持ちを無視して自分の欲望のままに突っ走ろうとする自分が恐ろしいんです。あなたに一生消えないマーキングを施したくなる」

「でもっ、おれだって今は圭吾と離れたくないっ。肌に残っているんだ、触れられた感触が。それが、とても、嫌だ――…」

気遣ってくれる圭吾の気持ちは嬉しかった。愛しくてたまらなかったけれど、今はそれ以上に圭吾と触れあいたかった。

郁弥が叫ぶように言って胸に抱きつくと、圭吾は低く唸った。自分の感情を懸命に押し殺そうとしているようなぶるぶると震える腕で、それでも郁弥を優しく抱き返してくれる。

「郁弥さん」

何度も何度も首を横に振って、必死に理性を保《たも》とうとしていた。

「それでは、あなたが触れてくれませんか。ぼくの片手をベッドでもどこでもいい、縛り付けて欲しい。あなたを傷つけられないように」

それが妥協点だと、狂おしいまでに滾《たぎ》った瞳で見つめてくる。だから郁弥も覚悟を決めて頷いた。

二人で寝室に移動して、圭吾が差し出した自分がつけていたネクタイで左手をヘッドボードの柱にくくりつける。

ようやく作業を終わらせてほっとすると、圭吾がじっと見つめていることに気付く。

「郁弥さん、来て下さい」

圭吾も欲してくれているのがわかる官能を帯びた声だった。

「ぼくの上に跨《また》がってくれないと、触れませんよ」

圭吾の体の横に座ろうとした郁弥を、自分の体の上へと圭吾が自由になる右手で引っ張り上げる。自分が押し倒したみたいな常にない体勢に恥ずかしくなるが、それ以上に今は圭吾が欲しかった。圭吾の手で自分の肌を清めて欲しい。

その思いで郁弥は何とか恥ずかしさに目を瞑る。

「圭吾……」

恋人の顔の横に手をついて、ゆっくり上体を起こして伸び上がった。上から圭吾の顔を覗き込むと、引きあうみたいに視線が絡まる。

郁弥が欲しいと隠しもしない欲情に濡れた瞳を瞬かせ、上品な口元は今は猛る欲望をこらえるように固く結ばれていた。

誰よりも愛しい圭吾の顔だ。

慎がたとえどんなに圭吾に似ていても、郁弥にとっては圭吾でなければ意味がないのだ。胸が震え、魂《たましい》を焦《こ》がすように欲《ほっ》してやまないのは圭吾だけだった。

「圭吾、好きだ」

その圭吾の、唇がゆっくり開かれる。まるで郁弥を待ちきれず、誘うように。

ごくりと喉を鳴らして、郁弥は唇を近付けた。

「ん……」

しっとりとした唇に触れる。押しつけて、擦りつけ、唇で食《は》むように圭吾のそれの感触を確かめる。圭吾もされるだけでは足りないと郁弥と同じ動きを返してきた。

「っは、…っん」

誘い込まれるように口の中に舌を滑り込ませたのは無意識のうちだった。

舌を絡ませ、喉を鳴らして唾液《だえき》をすする。官能を探りながらのゆっくりとした郁弥の口づけに、圭吾はもどかしくなったのか、すぐに主導権は圭吾に移った。

郁弥の口内を余すところなく舐め回すようないやらしい舌の動きに背中がゾクゾクする。時に舌を吸い、時に唇を噛み、そしてまた深い口づけへと戻っていく。

体がすっかり熱くほてりだしたところで郁弥はようやく唇を離した。

肩にはおっていたジャケットを脱ぐと、圭吾のきつい視線が突き刺さってくる。慎の愛撫の痕がまだ色濃く残っているのだろう。

郁弥は圭吾の右手を取ると、それを自分の首筋に当てた。

大きな手のひらを肌に滑らせ、首筋を、うなじを触れてもらう。圭吾の手で清めるように、肌の嫌な感触をひとつひとつ消していく。

「ぁ…っ、ん、ん……」

圭吾の射殺せんばかりの眼差しが常に注がれていた。けれど、次第にその強すぎる双眸《そうぼう》が痺れるほどの快感として体にたまっていくのだった。

黒い瞳は荒れ狂う嵐の海のように、圭吾が今激しい感情に見舞われているのだと伝えてくる。それを必死に押し殺しているのだと。

そんな圭吾の前で、まるで自分がマスターベーションをしているようだと思った。抱きつぶしたいほどの欲情をたたえる圭吾の前で、見せつけるように体をくねらせ、圭吾の手を使ってひとりで快感を追っている今の自分はどれほど淫《みだ》らだろう。

倒錯的《とうさくてき》な感覚に下肢もたげてきているのがわかった。

「っぁ、やっ、ダメ、だっ……」

圭吾の手を胸に持ってきたとき、その指先が勝手に動き始める。

小さな尖りを指先で捉え押しつぶされて、突き抜けるような快感に喉がのけぞる。動きを止めようとするけれど、圭吾の右手は止まらなかった。

「あ、っぁ……ぁあっ」

指先はすっかり芯《しん》の入った尖りをさらに尖らせんばかりに揉み込み、緩く爪を立ててくる。いつもより体が敏感になっている気がする郁弥は、圭吾の指先の動きひとつで左右、上下にと体を揺らす。体が燃えるように熱く、甘い声が止まらない。

圭吾がそんな郁弥の痴態《ちたい》を食い入るように見つめているのがわかった。もし両手が自由だったら激しい欲望のままあっという間に追い立てられていただろう。

「ぁ、待っ……――っひ、ん」

その圭吾の指先が胸からすっと肌を下りていくから慌てた。思わず上げた腰は逆効果で、まるで自分から圭吾の指を迎えに行ったようにあっという間に股間にたどり着く。ジーンズの前を硬い生地を通して揉み込むように触れられて体が何度も跳ねた。

「自分で前を開けて下さい」

郁弥は首を振ったが、圭吾は譲らなかった。

震える手でようやくジーンズのジッパーを下ろす、と。

「それではまだ不十分ですよ。脱いで下さい、下着まで。ぼくは手伝えませんから」

さらにその先を促す圭吾の命令が下される。

がくがくと頷くと圭吾の前で身ひとつとなった。

「もうすっかり硬くなっているじゃないですか」

圭吾の指が伸び、雫さえこぼし始めている郁弥の熱に触れられる。

「んっ、ぅ……っ」

「いつからこんなになっているんですか？　まさか、慎が触ったときからなんて言いませんよね」

「違うっ」

圭吾の言葉を激しく否定した郁弥に、圭吾ははっとして口を閉じた。一瞬にして理性を取り戻したみたいに唇を噛みしめている。

「すみません。やはり、自分が抑えきれない。あなたを大切にしたいという思いと、メチャメチャに壊したいという凶暴《きょうぼう》な思いに囚《とら》われて冷静でいられない」

その言葉に郁弥は胸が痛くなる。

けれど、それに何か言葉を返すのも違う気がして、郁弥は代わりに圭吾の衣服に手をかけた。

「あ、の……郁弥さん？」

肩章のあるシャツのボタンをはずして胸を開くと、なめし革のような滑《なめ》らかな肌が現れた。たくましい胸板にため息がもれる。

「圭吾、君だけだよ」

首筋に唇を寄せると頭上で息をのむ音が聞こえた。ちゅ、とキスを落とし、舌で肌を舐めて歯牙《しが》で肌の柔らかさを確かめる。

「っつ、ん……」

圭吾の押し殺した声に郁弥は背中がゾクゾクと痺れた。

片手を下肢に伸ばし、圭吾のベルトを引き抜いて制服のズボンの前を開く。

「い、郁弥さんっ」

下着を寛げるとすぐ姿を見せた圭吾の猛りを片手で包み、ゆっくり愛撫を始めた。

「つぅ、待って、郁弥さん。違う、ぼくじゃなくて、ぅあっ」

圭吾の胸の飾りに濡《ぬ》れた唇を押しつけ、口に含むと舌先で擦り立てる。圭吾の欲望は郁弥の手の中でびくびくと震えた。

「っクソ」

圭吾の唸るような声が聞こえたと思うと、自由がきく片手が郁弥の背中を滑り下り、尻を揉み込むような動きを見せる。

「あっ、ふぅ…っ……ん」

圭吾を受け入れる後孔がまだ直接触られてもいないのにジンと痺れるような感覚がした。郁弥は自分の愛撫する手の動きが緩慢になるのを止められない。それを狙ったように、圭吾の指がさらに奥に落ちる。

「ゃ、あ……っ」

郁弥の狭間を上下し、蕾の入り口を押し上げられ、がくがくと体が震えた。

圭吾が腰を持ち上げるように手を差し入れて愛撫するから、郁弥はいつしかベッドに両手をついて中腰になっていた。

「郁弥さん、もっと前に来て下さい。ヘッドボードに手をつくような感じで」

途中ベッドサイドから取ったオイルで固い蕾を解くように指で揉みほぐす。が、片手でやりにくいのか、焦《じ》れたように圭吾が郁弥に言った。

「ん、っふ……んっ」

郁弥は浮かされるように圭吾の指示に従っていた。圭吾の片手は郁弥の双丘の狭間で蠢き、オイルで濡れた指はほぐれた中へと侵入してくる。

「ん、あっ……っ」

太い指が一本ずつ入れられていく。いつもより手荒い愛撫は圭吾の欲情が高まっている証拠だ。熱い肉壁を押し広げ、感じる箇所を擦り上げてくる。

「ぁう、ぁ、あっ…も、もう……欲し…っい」

音を上げた郁弥に、圭吾もようやく愛撫の手を止めてくれた。ほっとしたが、次の瞬間郁弥は考えてもいなかった言葉を告げられる。

「郁弥さんが上に跨ってくれなければ、ぼくを入れられませんよ」

はっとして郁弥はようやく今の体勢を思い出していた。圭吾の片手はヘッドボードにつながれたままだ。凶暴な気持ちでいる圭吾が自分で動かないようにとの縛《いまし》めだったが、それゆえに郁弥が自分で圭吾の熱を受け入れなければならない。

圭吾とはもう何度もセックスしたし、自分が上になったこともある。けれどそれはセックスの途中で体位が変わったというもので、自分で圭吾を迎えるなど初めてだ。

できないとは言わないが、やはりたまらなく恥ずかしい。

「郁弥さんのそんな顔、見てるとゾクゾクしてどうにかなりそう……」

圭吾が舌なめずりのしぐさを見せながら、赤くなった頬を指先で触れる。その指先がすっと下に落ちてもう一度促すように蕾の入り口を撫で擦った。

「ほら、いつもぼくがしているように、ここにぼくを入れるんです。あなたが動いてくれなければいつまでたっても先に進めないんですよ」

「あっ、ん」

蕾の入り口を撫でていた指が中に入り込んで体が跳ねた。けれど、もうその指では物足りないのだ。もっと熱い圭吾が欲しかった。

だから、恥ずかしさを我慢して圭吾の欲望を手にする。がくがくと震える膝を叱り飛ばして、圭吾を迎え入れる蕾の位置を探って調整した。

「あ……ぅ、ん、あぁぁっ――……」

熱い切っ先が入り口に触れる。ゆっくり腰を落としていくと、後孔に沈み込んでくる圭吾の欲望の感触が生々しくて悲鳴を上げた。

苦しい。けれどそれ以上に快感が体中で逆巻《さかま》いて切ないほどだった。

「つは、ぁ…ぁ」

「っ……く、まだ、ですよ。まだ全部入っていません」

顔を上げると、圭吾も快感を我慢しているように眉をしかめていた。

けれど、圭吾の言葉には首を振る。

「つふ、深い……も、ムリ…だ」

涙で潤んだ瞳で懇願《こんがん》するように見つめると、ぎりっと歯が軋《きし》る音がして圭吾の手が伸びた。

「あ、やめ――…っ」

郁弥が途中で止めていた挿入《そうにゅう》を完遂するように腰に手が回り、動かされる。深すぎる奥の肉壁を押し開かれ、その衝撃で郁弥は圭吾の体に精を飛ばしていた。

「はぁ、あぁ、ぁ……は」

荒い息をついていると、しかし圭吾がそんな郁弥の太腿を軽く叩いてくる。

「郁弥さん、動いて下さい、ぼくも気持ちよくして下さい」

圭吾が唸るような低い声で先を促した。欲情に濡れた声音に、郁弥の肌は感電したようにびりびりした。

使い物にならないほど震える足を何とか動かして、腰を持ち上げる。

柔らかい壁を圭吾の熱がゆっくり擦り、抜けていく。それを郁弥自身でまた穿っていくのだ。その感触にざっと肌があわ立ち、突き抜ける快感に喉をそらした。

「は…んっ、んっ……っあ、ぁっ」

最初は恥ずかしくてぎこちなかった動きが、途中から止まらなくなった。肉壁を上下する圭吾の熱は、時と共にさらに質量を増して郁弥の中を押し広げていく。郁弥は知らぬ間に自分が感じる場所を探し、圭吾の熱で擦っていた。

「郁弥さん、郁…弥っ、ったまらない……っ」

まるで娼婦《しょうふ》のようだと思った。

圭吾の体で自分の快楽のみを追いかけるなんて。

快楽に溺《おぼ》れて、圭吾に痴態をさらしていることさえ痺れるほどの愉悦《ゆえつ》を感じるなんて。

「っく、郁弥さんっ」

圭吾の声が感極まったとき、郁弥の体は背中からベッドに倒れ込んでいた。

「つえ？　ぁっ、っ……ぅ」

圭吾に押し倒されていたのだ。

いつの間に拘束が緩んだのか。ベッドサイドにくくられていた圭吾の左手は自由になっており、郁弥の体をベッドに縫いとめている。

「すみませんっ、止まらない」

今まで自由にならなかったもどかしさをぶつけるように、圭吾が激しく腰を打ち付けてくる。その律動に郁弥はあられもなく嬌声を上げた。

「はっ、ぁ……っぁ、はっ…ん」

焦らされ続けた欲望を一気に吐き出すように、郁弥の体を貪《むさぼ》る。

他の男の痕がついた首筋に噛みつき、肌を吸う。痛みを訴えるほど、激しく執拗な愛撫だったが、郁弥は圭吾のたくましい背中に腕を回したまま甘受《かんじゅ》する。

「郁弥さん、っ…は、もう絶対、他の男には触らせない」

突き上げられ、押し開かれ、もう声も上げられなかった。

「ひっ――…ん」

「つく…ぅ」

圭吾が膝を開かせ、さらに深く腰を押し入れたとき、郁弥は精を吐き出していた。同時に中にいた圭吾をきつく締め付けたのか、呻き声がして圭吾の熱も弾けたのを知った。

「休みを取ったって？」

「ええ、せっかく郁弥さんが東京にいるんです。郁弥さんの最後の休日は絶対独占したい」

研修も終わりが見えてきた休日の午後、夏の日差しも眩しいカフェのオープンスペースの一角で、郁弥は仕事を終えた圭吾と合流していた。

サングラスをシャツに引っかけた圭吾の姿は、恋人の欲目でなくてもかっこよく、色んなテーブルから女性の視線を集めている。

「あ、でも土曜日の午前中は、ちょっと——」

「え、まさか用事があるんですか？」

黒い瞳がショックを受けたように大きく開かれるから、慌ててそんな圭吾の前で手を振った。

「ううん、すぐ終わるから。秀也兄さんの買い物にちょっと付きあうだけだから、大丈夫だよ」

「——また和良キャプテンですか。郁弥さんは、ぼくよりあの方との約束を優先されるんですか？」

けれどすっかり拗ねてしまった圭吾がじっとり郁弥を見つめてくる。それから微妙に視線を逸らす郁弥だ。

今まで秀也が、恋人から「自分と郁弥のどっちを取るんだ」と迫られたことを見聞きしたことはあったが、まさかその反対の立場に身を置くことになるとは思いもしなかった。

「えぇーと、本当にすぐ終わるから……」

秀也には悪いがいっそ断ってしまおうかと思い悩んだとき、タイミングよくメールの着信音が響いた。ほっとして携帯を開いて、今度は別の意味であっと声をのむ。

「郁弥さん——？」

動きを止めた郁弥を不審に思ったのか、いつもは絶対しないのに圭吾がさっと携帯を覗き込んでくる。そして、ぎょっと大声を上げた。

「慎じゃないですか、しかも何ですかこの内容はっ」

あれから、慎がメールを山のように送ってくるようになった。最初は以前の自分の行いを謝罪する内容だったが、郁弥はもう慎に対して怒りはなかった。だからそれを伝えると、今度は口説《くど》き文句がふんだんに盛り込まれたメールが入るようになったのだ。

「許せませんっ、あいつ、まだ郁弥さんを諦めていなかったのか」

圭吾が怒ったように自分の携帯を取り出し、どこかへ電話をかけている。

「——慎、おまえまだ郁弥さんにちょっかいをかけるなんて約束が違うじゃないかっ」

行動の速い圭吾に唖然とするが、恋人の口から飛び出す兄弟ゲンカのようなセリフの数々に、次第に口が緩んでくるのを止められなかった。

何だかんだいっても、圭吾は甥っ子の慎を可愛がっている。そしてそんな圭吾を、郁弥は愛しいと思っていた。

愛しい恋人の声を聞きながら、郁弥は夏の青い空を見上げた。

あとがき

まだまだ「初めまして」の方が多いでしょうか。こんにちは。青野ちなつです。

この度は『情熱フライトで愛を誓って』を手にとっていただき、ありがとうございます。少しでも楽しんでいただけましたでしょうか？

今回のお話は、華やかな航空業界の二人。男前ワンコなパイロットと生真面目なフライトエンジニアがコックピットで出会う航空ロマンスです。私の数少ない作品の中でも、さらに少ない年下攻めとなります。

パイロットの圭吾の「男前ワンコ」という言葉は雑誌に掲載された際に読者さまから感想メッセージでいただいたものです。読んだとき、言い得て妙だなぁとうんうん頷きました。さっそくあとがきで使わせてもらっています！

今回文庫として形にするために、雑誌掲載分の続きを書かせてもらいました。

真面目な性格の二人ですが、なぜかやることは大人仕様。当初、書いた本人は何とも思っていなかったのですが、担当女史から「プレイが入ってますね～」なんて言われて、慌てて読み返した次第です。確かにプレイじみたものがありましたね（笑）

なお、今月発売の小説ｂ－Ｂｏｙ二〇〇九年六月号に掲載予定のショート小説では、本作後の二人の機内エッチに挑戦しました！　本作品と併せて、男前ワンコな圭吾がエッチの度にどんどん大胆かつ強引になっていく過程をどうぞお楽しみ下さい。

またよろしければ、ご感想などもいただけたらとても嬉しいです。

作品を書くに当たって資料を取り寄せたり取材を行ったりしましたが、航空業界の進歩というのはめざましいですね。実際飛行機に乗ったとき、改札がタッチ方式に変わっていたのには本当に驚きました。ただ今回、話のために脚色している部分が多くあります。この業界に詳しい方々には、どうかお目こぼしを願いたいと思います。

雑誌に引き続いて挿絵を担当して下さったのは、椎名咲月先生です。

何かと大変な航空もの小説ということでずいぶんお手数をおかけしました。

まだ本書のイラストは拝見しておりませんが、雑誌掲載時のカラー表紙にはため息の嵐でした。まさに理想通り、いえ、理想以上の郁弥に圭吾！　透明感のある二人が爽やかな青空のもとで抱き合う姿は感動でした。

書き下ろしで、圭吾があんなことやこんなことをすることになったのも、ひとえに椎名先生の描かれるカッコイイ圭吾に刺激されたからです。今回どんなイラストが仕上がってくるのか、とても楽しみです。ステキな挿絵たちをありがとうございます。

そして今回も担当女史には大変お世話になったことを記しておきます。

初文庫だというのに、書き下ろし分の枚数オーバーで一ページの行数を増やしてもらう荒技をやらかしたことは、面目次第もございません。色々と本当にありがとうございました。

さてひとつお知らせがあります。来月に同じく飛行機を舞台とした『ラブシートで会いましょう』を刊行予定です。キャビンアテンダントとビジネスマンが織りなす、少し元気なお話に仕上がりましたので、ぜひぜひチェックしてみて下さい。

なお、その主人公の一人が、この作品のどこかでちらりと登場しています。気付かれる方はいらっしゃるのか少々心配ですが、お遊びとして楽しんでもらえたら嬉しいです。

最後になりましたが、ここまでおつきあい下さった読者の方、編集部の皆さま、そして出版に携わった全ての方々に厚く御礼申し上げます。

また皆さまにお会いできることを祈っております。

二〇〇九年　四月　青野ちなつ

初出一覧
情熱フライトで愛を誓って　/小説b-Boy '07年7月号（リブレ出版刊）掲載
アフターフライトで愛を誓って　/書き下ろし

B-PRINCE文庫をお買い上げいただきありがとうございます。
先生へのファンレターはこちらにお送りください。
〒162-0825　東京都新宿区神楽坂6-46　ローベル神楽坂ビル4階
リブレ出版(株)内　編集部

B♥PRINCE
http://b-prince.com

情《じょう》熱《ねつ》フライトで愛《あい》を誓《ちか》って

発行　2009年5月11日　初版発行

著者　青野ちなつ

発行者　髙野 潔
出版企画・編集　リブレ出版株式会社
発行所　株式会社アスキー・メディアワークス
〒160-8326　東京都新宿区西新宿4-34-7
☎03-6866-7323（編集）
発売元　株式会社角川グループパブリッシング
〒102-8177　東京都千代田区富士見2-13-3
☎03-3238-8605（営業）
印刷・製本　旭印刷株式会社

Printed in Japan
ISBN978-4-04-867806-3 C0193

B-PRINCE文庫

好評発売中!!

秋山みち花
MICHIKA AKIYAMA
桃下《とうか》の
身代《みが》わり花《はな》嫁《よめ》
愛してはいけない人に惹かれ…！
敗戦国の太子・白麗は妹のふりをして敵国の太子に嫁ぐことに。しかし彼は、戦場で助けてくれた戦士で…。
Illustration
かんべあきら
AKIRA KANBE
定価：672円［税込］

男子高校生新婚物語《だんしこうこうせいしんこんものがたり》
2 ～同棲編《どうせいへん》～
RISAI ASUMA あすま理彩
Illustration KANA MIZUKI 水樹カナ
大学生編・オール書き下ろし!!
人気新婚シリーズの続刊が早くも登場!!　意地っ張りな年上美人教師を年下色男が甘やかす甘々ラブ❤
定価：672円［税込］

◆◆◆ B-PRINCE文庫 ◆◆◆

ェントエルモスファイア

◆花郎藤子

ラスト◆円陣闇丸

画:672円[税込]

**誘惑のアダルト
&ハードラブ!」**

友情と愛情の狭間にあった河村
と不動の関係。しかしある大き
な秘密を共有することになって
しまい――。

驕慢紳士の求愛《プロポーズ》

著◆宮園みちる

イラスト◆あじみね朔生

定価:672円[税込]

**「エロス滴る大量
書き下ろし付!!」**

ギャルソン・七瀬は、不遜なオ
ーナーが苦手だったが、ある日
突然口付けられ、激しく甘い快
楽に乱され…。

◆◆◆ 好評発売中!! ◆◆◆